सर आइज़ैक न्यूटन

सर आइज़ैक न्यूटन छोटी सोच को न्यू टर्न देनेवाले

by Tejgyan Global Foundation

प्रथम संस्करण : जनवरी 2018

रीप्रिंट : जनवरी 2020

संपादन : तेजज्ञान ग्लोबल फाउण्डेशन, पुणे

प्रकाशक : वॉव प्रब्लिशिंग्स प्रा. लि., पुणे

ISBN : 978-81-936073-7-4

© Tejgyan Global Foundation

All Rights Reserved 2018.

Tejgyan Global Foundation is a charitable organization with its headquarters in Pune, India.

इस पुस्तक के कॉपीराईट्स तेजज्ञान ग्लोबल फाउण्डेशन के साथ आरक्षित हैं तथा प्रकाशन अधिकार विशेष रूप से वॉव पब्लिशिंग्ज् प्रा.लि. को सौंपे गए हैं। यह पुस्तक इस शर्त पर विक्रय की जा रही है कि प्रकाशक की लिखित पूर्वानुमति के बिना इसे व्यावसायिक अथवा अन्य किसी भी रूप में उपयोग नहीं किया जा सकता। इसे पुनः प्रकाशित कर बेचा या किराए पर नहीं दिया जा सकता तथा जिल्दबंद या खुले किसी भी अन्य रूप में पाठकों के मध्य इसका परिचालन नहीं किया जा सकता। ये सभी शर्तें पुस्तक के खरीददार पर भी लागू होंगी। इस संदर्भ में सभी प्रकाशनाधिकार सुरक्षित हैं। इस पुस्तक का आंशिक रूप में पुनः प्रकाशन या पुनः प्रकाशनार्थ अपने रिकॉर्ड में सुरक्षित रखने, इसे पुनः प्रस्तुत करने की प्रति अपनाने, इसका अनूदित रूप तैयार करने अथवा इलेक्ट्रॉनिक, मैकेनिकल, फोटोकॉपी और रिकॉर्डिंग आदि किसी भी पद्धति से इसका उपयोग करने हेतु समस्त प्रकाशनाधिकार रखनेवाले अधिकारी तथा पुस्तक के प्रकाशक की पूर्वानुमति लेना अनिवार्य है।

© All rights reserved

Disclaimer : Although the editors have made every effort to ensure that the information in this book was correct at the time of printing, the editor and publisher do not assume and hereby disclaim any laibility to any party for any loss, damage or disruption caused by errors or omissions, whether such errors or omissions result from negligence, accident, or any other cause.

Sir Isaac Newton

Choti Soch ko New Turn Denewale

छोटी सोच को न्यू टर्न देनेवाले

सर आइज़ैक न्यूटन

A Happy Thoughts Initiative

॥ न्यूटन की वैज्ञानिक जीवन यात्रा ॥

1	अंतर्मुखी न्यूटन की आऊट ऑफ द बॉक्स सोच	07
2	सर आइज़ैक न्यूटन के बारे में...	13

खण्ड १ न्यूटन का बचपन — 17

3	सीनियर आइज़ैक न्यूटन और हन्ना एस्कफ़	19
4	न्यूटन का प्रारंभिक वर्ष	23
5	प्रारंभिक स्कूल और शिक्षा	29
6	बचपन में किए गए आविष्कार	33
7	न्यूटन और ग्रांथम	39
8	न्यूटन की घर वापसी	43

खण्ड २ कैम्ब्रिज युनिवर्सिटी में न्यूटन — 49

9	उच्च शिक्षा - कैम्ब्रिज यूनिवर्सिटी में प्रवेश	51
10	न्यूटन एक सीज़र	53
11	न्यूटन का अध्ययन	57
12	न्यूटन की ईश्वर के प्रति आस्था	61
13	न्यूटन का गणित प्रेम	65

खण्ड ३ न्यूटन के आविष्कार और उनकी खोज — 69

14 न्यूटन का गुरुत्वाकर्षण का सिद्धांत — 71

15 गति के नियम — 75

16 रंगों की दुनिया — 79

17 न्यूटोनियन टेलीस्कोप — 83

18 न्यूटन का विपरीत प्रतिसाद — 87

खण्ड ४ न्यूटन की नई जिम्मेदारियाँ — 91

19 न्यूटन ल्यूकेशियन प्रोफेसर बने — 93

20 रॉयल सोसायटी और न्यूटन — 99

21 न्यूटन लीबनीज के साथ विवाद — 103

22 न्यूटन राजकीय टकसाल में — 107

23 अंतिम विदाई — 111

24 वैज्ञानिक न्यूटन के अनमोल विचार — 113

तेजज्ञान फाउण्डेशन की जानकारी — 115-128

1

अंर्तमुखी न्यूटन की आउट ऑफ द बॉक्स सोच

'पूत के पाँव पालने में ही पहचाने जाते हैं।' यह कहावत आपने सुनी या पढ़ी होगी। इसका अर्थ पालने में ही पता चलता है कि बच्चा अंर्तमुखी है या बर्हिमुखी है। अंर्तमुखी बच्चे अकसर अकेले रहना पसंद करते हैं, अपने साथ रहना चाहते हैं। ये बच्चे किसी पार्टी में जाने की बजाय अपने घर पर बैठकर पुस्तक पढ़ना पसंद करते हैं। सर आइज़ैक न्यूटन का स्वभाव भी ऐसा ही था। वे भी बचपन से ही अकेले रहना पसंद करते थे। अकेले रहकर प्रकृति के रहस्य खोजना उन्हें पसंद था। किताबें और अपनी डायरी, ये उनके सबसे करीबी दोस्त थे।

जन्म लेते ही न्यूटन को अपनी साँसों के लिए संघर्ष करना पड़ा था। उन्हें जीवन में क्या बनना है, यह पता नहीं था और न ही कोई मार्गदर्शन देनेवाला उनके जीवन में था। लेकिन न्यूटन को इस बात पर पूरा विश्वास था कि वे खेती करने के लिए पैदा नहीं हुए हैं। अपनी नई सोच के बलबूते पर एक किसान परिवार में पैदा हुआ यह बालक अपने जीवन में न्यू टर्न ला पाया। एक अंर्तमुखी बालक अपने जीवन में क्या-क्या कर सकता है, इसका अप्रतिम उदाहरण है - सर आइज़ैक न्यूटन।

अकसर अंर्तमुखी स्वभाव के बच्चों के माता-पिता को यह चिंता सताती है कि हमारा बच्चा लोगों से मिलता-जुलता नहीं है... हरदम

अकेले ही रहता है... घर से बाहर नहीं निकलता... न जाने क्या परेशानी सता रही है उसे...। इस तरह की बातें सोचकर माता-पिता परेशान हो जाते हैं। लेकिन उन्हें यह समझ में नहीं आता कि उनका बच्चा अपने साथ मस्त रहना चाहता है। वह मानसिक रोगी नहीं, महान खोजी है। माता-पिता को इस संभावना का आदर करना चाहिए और आनंद लेना चाहिए। अंर्तमुखी स्वभाव के बच्चे को अंदर की दुनिया और बाहर की दुनिया में भी लोगों की ज़रूरत महसूस नहीं होती।

दरअसल बच्चों का स्वभाव धीरे-धीरे प्रकट होता है और उन्हें भी पता नहीं होता कि उनके भीतर कौन सी खूबियाँ छिपी हैं। बचपन में न्यूटन को भी पता नहीं था कि वे बड़े होकर 'एक महान वैज्ञानिक सर आइज़ैक न्यूटन' बननेवाले हैं। वैज्ञानिक बनने की उनकी संभावना धीरे-धीरे खुलती गई।

आइज़ैक न्यूटन की जीवनी से प्रेरणा लेकर हर माता-पिता ने अपने बच्चों के स्वभाव को समझकर उन्हें खुलने के लिए थोड़ा समय देना चाहिए। माता-पिता बाहर की दुनिया में अन्य बच्चों को सफलता पाते हुए देखते हैं और अपने बच्चों से भी वैसी सफलता की उम्मीद रखते हैं। यह गलत नहीं है लेकिन अपने बच्चों के गुणों को प्रकट होने के लिए मौका दें। हो सकता है कि आपका बच्चा अकेले रहकर उस समय का उपयोग अपने आत्मविकास के लिए तथा नए आविष्कार करने के लिए करे।

बच्चों में अनंत संभावनाएँ होती हैं। समय के साथ अपनी नई और आऊट ऑफ द बॉक्स सोच के बलबूते पर वे अपनी सारी संभावनाओं को खोलते हैं। माता-पिता ने धीरज रखते हुए अपने बच्चों को भरपूर प्रेम, प्रशंसा, समय और अपना मार्गदर्शन देना चाहिए।

आऊट ऑफ द बॉक्स सोचना यानी एक निश्चित, नियमित ढाँचे से बाहर आकर सोचना। विश्व के हर वैज्ञानिक ने इसी तरह आऊट

ऑफ बॉक्स सोचकर ही कई सारे आविष्कार किए और प्रकृति के रहस्यों को उज़ागर किया। सर आइज़ैक न्यूटन, अल्बर्ट आइंस्टाइन, गैलीलियो, कोपरनिकस, स्टीफन हॉकिंग, थॉमस अल्वा एडिसन ये सारे महान वैज्ञानिक यूँ ही महान नहीं बने हैं। उनके जीवन के संघर्ष की कहानी पढ़कर पता चलेगा कि कई सारी समस्याओं के बावजूद उन्होंने हार नहीं मानी और अपने भीतर के वैज्ञानिक को हमेशा प्रोत्साहन दिया। कई बार उनके प्रयोग असफल हुए, उन्हें भारी नुकसान उठाना पड़ा, इसके बावजूद वे नियमित ढाँचे से परे होकर सोच पाए और अपने आविष्कारों को लोगों के सामने ला पाए। विश्व के इन सभी वैज्ञानिकों का जीवन हम सबके लिए प्रेरणा का स्रोत है। प्रस्तुत पुस्तक द्वारा हम महान वैज्ञानिक सर आइज़ैक न्यूटन की जीवनी को जाननेवाले हैं और उनसे प्रेरणा लेनेवाले हैं।

पृथ्वी पर न्यूटन ने अपनी भूमिका को बखूबी निभाया है। इस पृथ्वी पर हर इंसान की एक भूमिका होती है। जिसमें रहते हुए इंसान एक ही दिशा से सोचता रहता है। एक ही प्रकार के विचार करता रहता है। फलतः वह यह सोच ही नहीं सकता कि इस भूमिका के अलावा अन्य कुछ हो सकता है। इसलिए हमें इस भूमिका के बाहर आकर विस्तार से सोचना है। वरना भूमिका के बॉक्स में हम अपने आपको बंद कर लेते हैं। हमें उस बॉक्स से बाहर आना है अर्थात आऊट ऑफ द बॉक्स सोचना है। उदाहरण के तौर पर लकड़ी के नुकीले कलम से लेकर कंप्यूटर तक के आविष्कार को लोग आज भली-भाँति जानते हैं।

कैसे हुआ आविष्कारों का आविष्कार

प्राचीन काल में लिखने के लिए जिस कलम का इस्तेमाल किया जाता था, वह लकड़ी का मात्र एक नुकीला टुकड़ा या पक्षी का पंख होता था। जिसे स्याही में डुबो-डुबोकर लिखा जाता था। उस जमाने में सभी लोग ऐसा ही करते थे। जिसे क्विल पेन भी कहा जाता है।

फिर एक इंसान ने कुछ अलग, आऊट ऑफ द बॉक्स जाकर सोचा। उसने सोचा कि इस टुकड़े को बार-बार स्याही में डुबोने के बजाय अगर स्याही को ही इसमें डाला जा सके तो? और उसने कोशिश की। उसकी कोशिश से पेन के अंदर स्याही भरना संभव हो पाया और फाऊंटेन पेन का आविष्कार हुआ।

आज आप सोचकर देख सकते हैं, जब उस इंसान ने कहा होगा कि 'मुझे कलम के अंदर स्याही की बोतल लगानी है' तब लोगों को यह कैसा लगा होगा? बिलकुल असंभव। उन्होंने सोचा होगा कि 'बोतल कितनी भी छोटी क्यों न हो, वह कलम के अंदर कैसे जा सकती है... पागल है।' लेकिन उस इंसान ने उन सबसे अलग सोचा। ढाँचे से बाहर आकर सोचा इसलिए वह बोतल को एक नया सुविधाकारी रूप दे सका। औरों से अलग सोचनेवाले को हमेशा पागल ही समझा जाता है। क्योंकि लोगों को जो दिखाई देता है वे उसी का विश्वास करते हैं। उसके साथ जैसे-तैसे जीते रहते हैं। जबकि सबसे अलग सोचनेवाला इंसान वह देखता है जो आम लोग नहीं देख पाते इसलिए उसे पागल समझा जाता है। लेकिन ऐसा पागलपन ही इंसान के भीतर के वैज्ञानिक को जन्म देता है।

ऐसे आविष्कारों की खोज करनेवाले वैज्ञानिक अपने शोधकार्यों से तो महान होते ही हैं, लेकिन उनके जीवन की प्रेरणादाई घटनाएँ आम लोगों को आगे बढ़ने के लिए नई राह दिखाती हैं और उनकी हौसला अफजाई करती है। चार खण्डों में विभाजित इस जीवनी में महान वैज्ञानिक सर आइज़ैक न्यूटन के जीवन को सरल भाषा में पाठकों के सामने लाने का प्रयास किया गया है। न्यूटन के जन्म से लेकर उनकी मृत्यु तक, उनके जीवन की कई सारी घटनाओं का वर्णन इस पुस्तक में किया गया है।

यूँ तो दुनिया में लोग जन्म लेते हैं लेकिन कुछ लोग ऐसे होते हैं,

जो हमेशा-हमेशा के लिए अपना नाम स्वर्णिम अक्षरों में लिख जाते हैं। जब तक इस धरती पर विज्ञान रहेगा तब तक 'सर आइज़ैक न्यूटन' का नाम लिया जाता रहेगा। आप भी अपने जीवन में न्यू टर्न (नया मोड़) ला पाए, इसी कामना के साथ आइए महान वैज्ञानिक आइज़ैक न्यूटन की जीवनी को पढ़ते हैं...!

सर आइज़ैक न्यूटन

2

सर आइज़ैक न्यूटन के बारे में...

'हमने बहुत सारी दीवारें तो बनाई लेकिन पर्याप्त पुल नहीं बनाएँ।'

आइज़ैक न्यूटन द्वारा मानवता के लिए कहे गए ये सबसे सुंदर शब्द हैं। महान वैज्ञानिक, सफल गणितज्ञ, दार्शनिक या फिर सार्वभौमिक गुरुत्वाकर्षण नियम (force of gravity) के जनक, इन्हीं रूपों में दुनिया न्यूटन को पहचानती है।

न्यूटन एक दार्शनिक तो थे ही लेकिन कई लोगों का मानना है कि वे रसायनविद् भी थे, अर्थात वे किसी भी धातु को सोने जैसा कीमती बनाने की कला में माहिर थे। उनके समकालीन लोग उन्हें जादूगर भी कहते थे। लेकिन सच तो यह है कि उन्होंने एक साधारण मनुष्य की तरह इस धरती पर जन्म लिया और कदम-कदम पर कई मुश्किल हालातों का सामना करके ही इतिहास में अपना नाम दर्ज़ करवाया।

न्यूटन के अनुसार –

मेरी शक्तियाँ साधारण हैं, केवल मेरे प्रयोगों से मुझे सफलता मिली है।

जीवन में एक गौरवशाली और खास मुकाम को हासिल करने के लिए न्यूटन ने इतनी मेहनत की कि 300 साल बाद भी कोई उनके द्वारा स्थापित नियमों और सिद्धांतो को चुनौती नहीं दे सका है।

न्यूटन आधुनिक समय के भौतिक दर्शन के जनक माने जाते हैं। उनके जैसा महान प्रतिभाशाली गणितज्ञ आज तक पैदा नहीं हुआ। क्या आप मानेंगे कि जिस न्यूटन को उसकी गणित की गणनाओं के लिए आज तक याद किया जाता है और जिसके गणित के फॉर्मूले आज भी छात्रों को स्कूल और कॉलेज में पढ़ाए जाते हैं, उन्हें शुरुआत में गणित समझने में बहुत मुश्किल होती थी। लेकिन जैसे-जैसे उन्होंने इस विषय को पढ़ा और समझा तो उन्हें यह विषय अच्छा लगने लगा। न्यूटन ने धीरे-धीरे अपनी लगन व मेहनत से गणित में निपुणता हासिल कर ली। फ्रेंच गणितज्ञ जोसेफ लुईज़ लांग्रेज अकसर कहते थे कि 'न्यूटन एक महानतम प्रतिभाशाली व्यक्ति था।' एक बार तो लुईज़ ने यहाँ तक कहा कि 'न्यूटन सबसे ज़्यादा भाग्यशाली भी था क्योंकि हम दुनिया की प्रणाली को एक से ज़्यादा बार स्थापित नहीं कर सकते।'

'प्रिन्सिपिया फिलॉस्फी नेचुरलस प्रिन्सिपिया मैथमैटिका' - (शोध प्रपत्र) न्यूटन की ये किताब 1687 में लैटिन भाषा में छपी, जिसका बाद में अंग्रेजी में अनुवाद भी किया गया। ये किताब न्यूटन की ज़िंदगी में मील का पत्थर मानी जाती है। इसमें स्थापित सार्वभौमिक गुरुत्वाकर्षण एवं गति के नियम आज भी गणित और विज्ञान में अपना एक विशेष स्थान रखते हैं।

एक वैज्ञानिक होने के बावजूद भी न्यूटन ईश्वर में पूरी श्रद्धा रखते थे। वे नए-नए आविष्कार करते थे लेकिन उन्होंने कभी भी कुदरत को चुनौती देने की कोशिश नहीं की। वे तो ईश्वर रचित चीज़ों को देखकर हैरान रहते थे कि ईश्वर ने चाँद, तारे, सौरमंडल और ग्रह इत्यादि चीज़ों को कैसे बनाया होगा। क्योंकि ये सब एक नियमित गति से हज़ारों सालों से इसी तरह गतिमान हैं और ऐसा लगता है कि जैसे ये किसी अद्वितीय शक्ति की आज्ञा मानते हुए अपने कार्य में लगे हुए हैं। इस विश्वास की वजह से ही न्यूटन बाइबल में भी आस्था रखते थे।

'मैं बाइबल में मौलिक रूप से आस्था रखता हूँ, जो ईश्वर के अनुयायी द्वारा ही लिखी गई है। मैं रोज़ाना बाइबल पढ़ता हूँ।'

न्यूटन द्वारा कहे गए ये शब्द उनके बाइबल के प्रति प्रेम को दर्शाते हैं। अपने समय के अन्य वैज्ञानिकों की तरह उन्हें विज्ञान के आविष्कार करना पसंद था। लेकिन बाइबल पढ़ना, समझना और उसे अपनी ज़िंदगी में सबसे महानतम स्थान देना, यह बात उन्हें अपने समकालीन वैज्ञानिकों से अलग करती थी। इस वजह से उन्हें कई बार आलोचना भी सहन करनी पड़ी थी लेकिन फिर भी उनका बाइबल के प्रति प्रेम पूरी ज़िंदगीभर कायम रहा, कभी कम नहीं हुआ।

क्या न्यूटन गैलीलियो का पुनर्जन्म था?

इसे महज इत्तेफाक कहेंगे या कोई अजूबा कि जिस वर्ष में दुनिया ने गैलीलियो जैसा महान वैज्ञानिक खोया, उसी साल दुनिया को एक नया, गैलीलियो की राह पर चलनेवाला महान वैज्ञानिक मिल गया। यह भी एक इत्तेफाक है कि ट्रिनिटी कॉलेज में न्यूटन गैलीलियो जैसे आधुनिकतम वैज्ञानिक को पढ़ना चाहते थे और न्यूटन के कई प्रयोग तो गैलीलियो द्वारा स्थापित नियमों का दूसरा कदम माने जाते हैं। न्यूटन खुद यह मानते थे कि उनके प्रयोगों में गैलीलियों का प्रभाव है। कई लोग तो न्यूटन को गैलीलियो का दूसरा जन्म मानते थे, हालाँकि इस बात में कोई सच्चाई नहीं थी।

विज्ञान और गणित के छात्रों के लिए न्यूटन के फॉर्मूले हमेशा ही महत्वपूर्ण रहे हैं। आज भी वैज्ञानिकों में न्यूटन का स्थान सबसे ऊपर है, 2005 में किए गए एक सर्वेक्षण के अनुसार सर आइज़ैक न्यूटन को सबसे लोकप्रिय वैज्ञानिक माना गया है।

एक डरा, सहमा सा और बहुत ही कम बोलनेवाला बच्चा, जिसे बचपन में लोग मंदबुद्धि भी कहते थे, वह न्यूटन कैसे एक महान वैज्ञानिक सर आइज़ैक न्यूटन बना? क्या ये कोई चमत्कार था या उनके भीतर कोई

ऐसी अंदरुनी ताकत थी, जिसने उन्हें कभी हारने नहीं दिया। ज़िंदगी के हर मोड़ पर उन्हें कठिनाइयाँ मिलती रही लेकिन वे उन कठिनाइयों को पार करते हुए कैसे आगे बढ़े? यह कौतुहल का विषय है। प्रस्तुत पुस्तक में न्यूटन के चुनौतीपूर्ण सफर और महान उपलब्धियों के बारे में विस्तार से जानते हैं।

सर आइज़ैक न्यूटन

खण्ड 1
न्यूटन का बचपन

इंग्लैंड के लिंकनशायर के वूल्स्थ्रोप में सर आइज़ैक न्यूटन का जन्मस्थान

3

सीनियर आइज़ैक न्यूटन और हन्ना एस्कफ़

यूरोप महाद्वीप का एक जाना-माना देश इंग्लैण्ड। उसके बड़े कस्बे को लिंकनशायर कहते हैं। उसमें पहाड़ियों के बीच बसा एक छोटा सा कस्बा था वूल्स्थ्रोप। यहीं पर T आकार का, भुरे रंग के पत्थरों से बना न्यूटन परिवार का पुश्तैनी घर था, उसका नाम 'वूल्स्थ्रोप मेनोर' रखा था। पीढ़ियों से न्यूटन का परिवार यहीं रहते हुए खेती का काम करता था। इसके उत्तर में ग्रांथम था, जो यहाँ से सिर्फ छः मील दूरी पर था और पश्चिम में लंदन था, जो वूल्स्थ्रोप से बस कुछ ही मील दूरी पर था। इंग्लैंड के मशहूर शहरों के पास होते हुए भी वूल्स्थ्रोप एकदम शांत इलाका था।

सीनियर न्यूटन (न्यूटन के पिताजी) ने अपनी पैतृक संपत्ति को सँभाला और खेती को ही अपनी आजीविका का साधन बनाया। वे पढ़े-लिखे नहीं थे, यहाँ तक कि वे अपने हस्ताक्षर भी नहीं कर पाते थे। इसलिए वे X नाम से टैक्स रजिस्टर में हस्ताक्षर करते थे। उस समय इंग्लैण्ड के अधिकांश लोगों का मुख्य पेशा खेती ही था। आवागमन के साधनों का भी बहुत विकास नहीं हुआ था। अधिकांश आबादी गाँवों में ही रहती थी। आने-जाने के साधनों के अभाव में उस समय लोग आसपास के परिवारों में ही शादी-ब्याह कर लिया करते थे। सीनियर

आइज़ैक अपने घर के पास ही रहनेवाली लड़की हन्ना एस्कफ़ को पसंद करते थे।

हन्ना का जन्म मार्केट ओवर्टन, रुटलैंड (इंग्लैंड) में हुआ था। उसके माता-पिता का नाम जेम्स एस्कफ़ और मर्गेरी था। हन्ना किसी भी महत्वपूर्ण फैसले के लिए अपनी माँ से सलाह करने की बजाय अपने भाई विलियम से बात करना पसंद करती थी। उस समय लड़कियों को ज़्यादा पढ़ाया नहीं जाता था। हन्ना भी थोड़ा बहुत ही पढ़ना-लिखना जानती थी और यह भी उसने अपने भाई विलियम से ही सीखा था।

हन्ना एक खूबसूरत और सुलझी हुई महिला थी। हन्ना के परिवार को ज्योतिष पर भी विश्वास था। ज्योतिषियों ने बताया कि हन्ना के जीवन में वैवाहिक सुख नहीं है। लेकिन उसके परिवारवालों को लगता था कि ज़रूरी नहीं है कि ज्योतिष की बात सत्य ही हो क्योंकि उस समय सटीक भविष्यवाणी के लिए कोई आधार नहीं था। केवल ज्योतिष पढ़नेवाले की योग्यता पर ही यह निर्भर रहता कि भविष्यवाणी कितनी सच होगी। हन्ना के परिवार के लोग अपनी बेटी को कुँवारा भी नहीं रखना चाहते थे। इसलिए जब सीनियर आइज़ैक ने शादी के बारे में हन्ना के भाई विलियम एस्कफ़ से बात की, तब विलियम ने हन्ना और आइज़ैक की मुलाक़ात करवाई। उसने अपने माता-पिता से भी उनकी शादी के बारे में बात की।

हन्ना अपने भाई के समझाने पर ही सीनियर न्यूटन से शादी करने के लिए तैयार हो गई। हन्ना के माता-पिता की रजामंदी से अप्रैल 1642 में सीनियर आइज़ैक न्यूटन और हन्ना एस्कफ़ की शादी हो गई। हन्ना के माता-पिता ने शादी में उपहार के तौर पर उसे एक उपजाऊ ज़मीन का टुकड़ा दिया। इंग्लैंड में उस समय गृह युद्ध चल रहा था, बार-बार सत्ता बदल रही थी। लेकिन वूल्स्थ्रोप में गृह युद्ध का ज़्यादा असर नहीं पड़ा।

शादी के दूसरे महीने में ही हन्ना गर्भवती हुई। इस खुश खबर से दोनों परिवारों में खुशियाँ मनाई जाने लगीं। लेकिन इसी दौरान सीनियर

न्यूटन बीमार रहने लगे और जब उन्हें लगा कि वे ज़्यादा दिनों तक बच नहीं पाएँगे तब इस बात का एहसास होते ही उन्होंने अपने वकील को बुलाकर अपनी वसीयत बनवाई। अपनी वसीयत में उन्होंने लिखवाया कि 'मैं चाहे शरीर से बीमार हूँ लेकिन मन से एकदम स्वस्थ हूँ। मैं पूरे होश के साथ अपनी संपूर्ण संपत्ति – 234 भेड़ें, 46 पालतू जानवर और वूल्स्थ्रोप की मेरी सारी जमीन जायदाद अपनी पत्नी हन्ना और आनेवाले बच्चे के नाम पर कर देता हूँ।' शादी के छः महीने बाद ही, लगभग ३६ वर्ष की उम्र में अक्टूबर 1642 में सीनियर न्यूटन की मृत्यु हो गई।

सीनियर आइज़ैक न्यूटन की मौत ने हन्ना को मानसिक रूप से तोड़कर रख दिया था। वह सदमे में थी लेकिन फिर भी उसने हिम्मत बटोरकर अपने जमीन की देखभाल करनी शुरू कर दी और पालतू जानवरों को भी बहुत अच्छे से सँभाला। उसने नौकरों से बहुत अच्छे से काम करवाया लेकिन इस कारण वह अपना और गर्भ में पल रहे बच्चे का ध्यान नहीं रख पाई। जब उसे सातवें महीने में ही प्रसव पीड़ा शुरू हुई तो हन्ना बहुत घबराई क्योंकि उस वक्त घर में उसके अलावा केवल उसका नौकर ही था। उसने नौकर को पड़ोसी औरतों को बुलाने के लिए भेजा।

दो पड़ोसी औरतें हन्ना की मदद के लिए आई। उनकी मदद से वूल्स्थ्रोप मेनोर की ऊपरी मंज़िल के एक कमरे में क्रिसमस की सुबह 2 बजे के करीब उस बच्चे का जन्म हुआ, जिसने भविष्य में दुनिया और ब्रह्माण्ड को देखने का लोगों का नज़रिया बदल दिया। न्यूटन के जन्म के बारे में ऐसा भी कहा जाता है कि उनका जन्म पुरानी शैली यानी जुलियन कैलेंडर के अनुसार क्रिसमसवाले दिन 25 दिसंबर 1642 को हुआ था। जबकि नई शैली के ग्रिगोरियन कैलेंडर के अनुसार उनका जन्म 4 जनवरी 1643 को हुआ था। लेकिन जन्म लेने के बाद वह बच्चा इतना कमज़ोर था कि वे पड़ोसी औरतें भी हन्ना को यह तसल्ली नहीं दे पा रही थी कि बच्चा बच पाएगा या नहीं। बच्चे के जन्म के पश्चात हन्ना बहुत कमज़ोरी

महसूस कर रही थी। उसकी हालत देखकर वे पड़ोसी औरतें दवाई लेने और डॉक्टर को बुलाने चली गई। वे दोनों जानती थी कि जब तक वे वापिस आएँगी, तब तक शायद यह बच्चा ज़िंदा नहीं रह पाएगा।

पूर्व परिपक्व अवस्था (pre-mature) में पैदा होने के कारण न्यूटन इतना कमज़ोर था कि अपनी साँसों के लिए संघर्ष कर रहा था। डॉक्टर ने जब बच्चे को देखा तो उसकी माँ को साफ कह दिया था कि 'यह बच्चा इतना कमज़ोर है कि साँस भी बड़ी मुश्किल से ले पा रहा है, अब तो कोई चमत्कार ही इसे बचा सकता है।' फिर सचमुच चमत्कार हुआ, न्यूटन अपनी ज़िंदगी के पहले संघर्ष में सफल हुआ और न सिर्फ बच गया बल्कि 85 साल तक ज़िंदा भी रहा। जब हन्ना एस्कफ ने बच्चे को हाथ में उठाया तो वह उसकी हथेली के बराबर था। वह इतना कमज़ोर था कि उसकी गर्दन को सँभालने के लिए कई दिनों तक एक पट्टेनुमा बेल्ट बाँधनी पड़ी थी। हन्ना एस्कफ कहती थी कि 'जन्म के समय न्यूटन इतना दुर्बल था कि एक छोटे प्याले में समा सकता था।'

जन्म के बाद जब बच्चे के नामकरण का अवसर आया, तब इस बालक का नाम भी उसके पिता के नाम पर ही 'आइज़ैक न्यूटन' रखा गया। उसके पश्चात नन्हा न्यूटन घर से बाहर ले जाने लायक हुआ, तब उसकी माँ उसे पास के ही चर्च में बपतिस्मा[1] के लिए ले गई। जिस समय नन्हे न्यूटन का बपतिस्मा किया गया, उस समय न्यूटन के पिता का साया उसके सिर पर नहीं था और इस तरह कुछ ही महीनों में न्यूटन परिवार का नाम तीन कारणों से पैरिश कैलेन्डर[2] में दर्ज किया गया - सीनियर न्यूटन की मौत, न्यूटन का जन्म और बपतिस्मा।

---

[1]यह ईसाई नामकरण संस्कार था, जिसके बाद बच्चे का नाम उस दिन की तारीख और माँ-बाप के नाम के साथ पैरिश कैलेन्डर में अंकित कर दिया जाता था।

[2]पैरिश कैलेन्डर में जन्म, मृत्यु और जरूरी प्रयोजनों (occasion) का लेखा-जोखा रखा जाता था।

4

न्यूटन का प्रारंभिक वर्ष

एक सफल गणितज्ञ, ज्योतिष, दार्शनिक, गुरुत्वाकर्षण का नियम और गति के सिद्धांतों की खोज करनेवाला एक महान भौतिक वैज्ञानिक न्यूटन, जिनका आई.क्यू. 170 माना जाता है, उन्होंने विषम परिस्थितियों से लड़ने की शुरुआत जन्म लेते ही कर दी थी। बचपन से ही उनके जीवन में ऐसी कुछ घटनाएँ हो रही थी, जिससे उनके करीबी लोग उनसे दूर होते जा रहे थे। जन्म से पहले ही उनके पिता की मृत्यु हुई, उनके पश्चात माँ ही उनका एकमात्र सहारा थी।

उस समय हन्ना की उम्र लगभग ३० वर्ष की थी। उसकी माँ का कहना था कि लंबे जीवनकाल को देखते हुए हन्ना को दूसरी शादी कर लेनी चाहिए। हन्ना दिखने में बहुत सुंदर थी और उसके लिए अच्छे परिवारों से रिश्ते भी आ रहे थे। लेकिन हन्ना दूसरी शादी के लिए तैयार नहीं थी क्योंकि वह अपने बेटे न्यूटन से अलग नहीं होना चाहती थी। इसके साथ उसे ज्योतिषी की भविष्यवाणी पर भी शंका हो रही थी। उसका मानना था कि 'जब मेरे जीवन में वैवाहिक सुख नहीं है तो फिर दूसरी शादी क्यों की जाए?' लेकिन इस मामले में हन्ना का इनकार काम नहीं आया। कुछ ही दिनों बाद हन्ना के लिए एक शादी का प्रस्ताव आया। पैरिश के नॉर्थ विथम के मंत्री रेवरण्ड बर्नाबस स्मिथ ने यह प्रस्ताव

भेजा था। वह अमीर खानदान से ताल्लुक रखता था। स्मिथ को किताबें खरीदने का बहुत शौक था। उसकी लाइब्रेरी में 300 से भी अधिक किताबें थी लेकिन उसे पढ़ने का इतना शौक नहीं था।

जब किसी ने हन्ना के बारे में स्मिथ को बताया तो उसने झट से हन्ना को शादी के लिए संदेशा भेज दिया। अपनी उम्र के कारण उसे 'ना' का डर था इसलिए वह खुद हन्ना से मिलने नहीं गया लेकिन उसने विलियम से इस शादी के लिए बात की। हन्ना ने अपने भाई से सलाह करने के बाद जवाब देने का फैसला लिया।

स्मिथ को यह मंजूर नहीं था कि हन्ना अपने बेटे न्यूटन को साथ लेकर विथम आए, लेकिन हन्ना के माता-पिता चाहते थे कि हन्ना ये शादी कर ले। विलियम एस्कफ स्मिथ को पहले से जानता था और स्मिथ की मज़बूत आर्थिक स्थिति के बारे में भी उसे अच्छे से पता था इसलिए उसने ज़्यादा जोर ना देते हुए एक बार हन्ना से स्मिथ के प्रस्ताव के बारे में सोचने के लिए कहा।

हन्ना अपने घरवालों के कहने पर शादी के लिए तैयार तो हो गई लेकिन वह पहले अपने इकलौते बेटे न्यूटन का भविष्य सुरक्षित करना चाहती थी। इसलिए उसने स्मिथ के प्रस्ताव को दो शर्तों के साथ मंजूर कर लिया। हन्ना की शर्त मानते हुए स्मिथ ने हन्ना के बेटे न्यूटन के नाम एक उपजाऊ ज़मीन का टुकडा कर दिया, जो उस जमाने में 50 डॉलर यानी 4321 रूपयों में खरीदा था। इसके साथ ही उसका घर वूल्स्थ्रोप मेनोर जो बारिश में जर्जर हो चुका था और टूटने की कगार पर था, उसे फिर से बनवा दिया।

धीरे-धीरे बालक न्यूटन तीन वर्ष का हो गया। उस समय की प्रथा के अनुसार बच्चा तीन साल का होने के बाद उसे पारंपारिक पजामेनुमा कपड़े पहनाए जाते थे। नन्हे न्यूटन ने भी वैसी ही पारंपारिक पोशाक पहनी थी। लेकिन यह पहली खुशी उसकी ज़िंदगी में गम की दस्तक थी। उस

दिन नन्हा न्यूटन बहुत खुश था। वह बार-बार अपने कपड़ों को देख रहा था। उसकी माँ भी तैयार हो रही थी। वह माँ के साथ नॉर्थ विथम चर्च गया लेकिन वापिस आते हुए माँ उसके साथ नहीं थी। 27 जनवरी 1646 में हन्ना की शादी रेवरण्ड बर्नाबस स्मिथ के साथ हो गई। इस तरह हन्ना के नाम के साथ एक उपनाम (surname) और जुड़ गया- एस्कफ़, न्यूटन, स्मिथ।

शादी के समय रेवरण्ड बर्नाबस स्मिथ की उम्र 63 साल थी और हन्ना उसकी उम्र से आधी उम्र की थी। ऐसा नहीं था कि स्मिथ पहली बार शादी कर रहा था, बल्कि उसकी पहली पत्नी की मौत छह महीने पहले जून (1645) में ही हुई थी।

शादी के बाद हन्ना न्यूटन को उसके नाना-नानी के पास छोड़ तो गई लेकिन उसके पल-पल की खबर हन्ना को रहती थी। हन्ना को लगा था कि शादी के बाद वह न्यूटन को विथम में साथ रखने के लिए अपने पति स्मिथ को मना लेगी लेकिन ऐसा कभी नहीं हो पाया।

इन सब बातों को समझने के लिए उस समय न्यूटन बहुत छोटा था। वह बच्चा जिसने कभी अपने पिता को नहीं देखा था, उसे अब अपनी माँ से अलग होना पड़ रहा था, नन्हें न्यूटन के लिए यह किसी सदमे से कम नहीं था।

अपनी माँ को खुद से अलग होता देख न्यूटन रोने लगा। न्यूटन की नानी रोते हुए न्यूटन को चुप कराने की कोशिश कर रही थी लेकिन न्यूटन रोते-रोते ही सो गया था। नन्हा न्यूटन अपने घर के बाहर लगे पेड़ पर चढ़कर पास ही स्थित नॉर्थ विथम चर्च की तरफ देखता रहता था। उसे लगता था कि उसकी माँ चर्च में ही होगी लेकिन उसे वहाँ सिर्फ अज़नबी दिखाई देते थे। उसकी नानी उसे समझाने की कोशिश करती रहती थी लेकिन यह सदमा उसके अंर्तमन में इस हद तक बैठ गया था कि उसने भविष्य में कभी किसी रिश्ते में बँधने की कोशिश नहीं की।

न्यूटन अपने नाना-नानी के पास रहता तो था लेकिन उसने कभी भी उनसे कोई खास लगाव महसूस नहीं किया। हो सकता है उसके नाना-नानी ने अपनी तरफ से न्यूटन की देखभाल में कोई कमी ना छोड़ी हो लेकिन एक माँ की कमी कोई पूरी नहीं कर सकता। न्यूटन को बचपन से डायरी लिखने की आदत थी लेकिन उसने कभी भी अपनी डायरी में अपने नाना-नानी के बारे में कोई ज़िक्र नहीं किया और ना ही कभी किसी से उनके बारे में बात की।

हर बच्चे की तरह न्यूटन भी अपनी माँ से बहुत प्यार करता था। उसे माँ की बहुत याद आती थी। हन्ना, वूल्स्थ्रोप मेनोर कभी-कभी सिर्फ घंटे-दो घंटे के लिए आती थी, नन्हा न्यूटन उसे देखकर खुश हो जाता था। लेकिन फिर वह कहाँ चली जाती थी, यह न्यूटन को पता नहीं था और जब पता चला तो वह अपने सौतेले बाप स्मिथ के साथ-साथ अपनी माँ से भी नफ़रत करने लगा था। ये नफ़रत न्यूटन के बड़े होने तक इतनी बढ़ गई थी कि वह अपने सौतेले बाप और अपनी माँ के घर में आग लगाकर उन्हें मारने के बारे में सोचा करता था। यह बात उसने बड़े होने पर अपने एक सहपाठी को बताई थी। अपने इस मनोभाव के बारे में न्यूटन ने अपनी डायरी में भी लिखा था।

ये सिर्फ बचपन का गुस्सा था। वैसे न्यूटन अपनी माँ का बहुत सम्मान करता था और उनकी कही किसी बात को टालता नहीं था। इसलिए जब उसकी माँ न्यूटन को स्मिथ के घर विथम बुलाती थी तो न्यूटन बिना कोई सवाल किए वहाँ चला जाता था।

वहाँ न्यूटन स्मिथ की लाइब्रेरी में रखी किताबों को देखता रहता और सोचता था कि 'काश! वह सारी किताबें वूल्स्थ्रोप मेनोर ले जा सकता।' वह कोशिश करता था कि स्मिथ से उसका आमना-सामना ना हो। स्मिथ का भी न्यूटन से कोई लगाव नहीं था क्योंकि जब तक स्मिथ ज़िंदा रहा, इस 7-8 साल के अंतराल में उसने कभी भी न्यूटन से आगे

बढ़कर बात करने की कोशिश नहीं की और ना ही अपनी तरफ से उसे कभी विथम बुलाया।

न्यूटन अपनी नानी के साथ खेतों में जाया करता था लेकिन उसका मन किसी काम में नहीं लगता था। वह हमेशा बैचेन सा रहता था। आसमान की ओर ताकना, चाँद और सूरज को निहारना, पौधों को देखना आदि उसे अच्छा लगता था। धीरे-धीरे न्यूटन एकाकी रहकर ही बड़ा होने लगा। न्यूटन को गाँव के द्विदिवसीय स्कूल में अक्षर ज्ञान कराने के लिए भेजा जाने लगा लेकिन न्यूटन का मन न तो पढ़ाई में लगा और न किताबों में। प्रकृति मानो उसे अपनी ओर खींच रही थी। न्यूटन को सबसे अधिक सूर्य की गतिविधियाँ पसंद थी। धूप खिले दिनों में जब सूरज की रोशनी घर की दीवार पर पड़ती और विभिन्न प्रकार की आकृतियाँ बनती महसूस होती तो न्यूटन इन आकृतियों में स्वयं ही शामिल हो जाता। वह घंटों कोयले से या नाखूनों से खुरच-खुरच कर दीवार पर चिड़ियाँ, फूल और आड़ी-तिरछी रेखाओं के चित्र बनाता था। ऐसा कहा जाता है कि न्यूटन प्रकृति के साथ तालमेल बैठाकर अपने जीवन का एकाकीपन दूर करता था और प्रकृति में ही अपने माता-पिता का प्रेम ढूँढ़ता रहता था।

जब न्यूटन 10 वर्ष के हुए तब अचानक एक दिन समाचार आया कि उसके सौतेले पिता की मृत्यु हो गई। मृत्यु के समय उनकी उम्र लगभग 71 वर्ष थी। स्मिथ की मौत के बाद हन्ना अपने तीन बच्चों यानी न्यूटन के सौतेले भाई बहनों - मेरी (1647), बेंजामिन (1651), और हन्नाई (1652) को लेकर फिर से वूल्स्थ्रोप आ गई।

न्यूटन अपनी माँ को देखकर खुश था लेकिन अब हालात बदल गए थे और न्यूटन की माँ का प्यार बाँटने के लिए तीन और बच्चे आ गए थे। हन्ना स्मिथ की सारी किताबें और नोटबुक्स भी साथ लेकर आई थी, जिसे देखकर न्यूटन खुश हो गया क्योंकि वह हमेशा से उन किताबों को अपने पास रखना चाहता था। जब न्यूटन ने इन किताबों को देखा तो उसे

ऐसा लगा कि ये किताबें सीधा दुकान से उठाकर यहाँ लाई गई हैं और इन्हें किसी ने कभी छुआ भी नहीं है। नोटबुक्स देखने पर उसने पाया कि वह सभी खाली हैं। न्यूटन ने इन नोटबुक्स पर लिखा 'वेस्ट बुक' लेकिन न्यूटन इस पर अपने आविष्कारों और मॉडल से सबंधित ज़रूरी चीज़े लिखता था। ये वेस्ट बुक न्यूटन के प्रारंभिक आविष्कारों की साक्षी थी।

सर आइज़ैक न्यूटन

5
प्राथमिक स्कूल और शिक्षा

1654-55 में जब न्यूटन 12 साल के हुए तो अपने भाई विलियम एस्कफ़ के कहने पर हन्ना ने न्यूटन का दाखिला ग्रांथम के किंग्स ग्रामर स्कूल में करवाया। लेकिन न्यूटन का घर ग्रांथम से 7 मील दूर था और वूल्स्थ्रोप से ग्रांथम हर दिन आना-जाना मुमकिन नहीं था। इसलिए हन्ना ने ग्रांथम में स्थित एक औषधालय के मालिक विलियम क्लार्क के घर न्यूटन के रहने की व्यवस्था करवा दी। मिस्टर क्लार्क औषधिविद् एवं रसायन शास्त्री थे और वे हन्ना के दूर के रिश्तेदार भी थे। इसलिए उन्होंने खुशी-खुशी न्यूटन को अपने पास रखना स्वीकार किया। उन्होंने अपने औषधालय में ऊपर का एक कमरा न्यूटन को दे दिया। इस तरह एक बार फिर न्यूटन अपने परिवार से दूर हो गया लेकिन इस बार वह पढ़ाई के लिए दूर हुआ था।

किंग्स ग्रामर स्कूल, ग्रांथम का बहुत ही प्रख्यात स्कूल था। जब न्यूटन का वहाँ दाखिला करवाया गया तब तक किंग्स ग्रामर स्कूल को 300 साल पूरे हो चुके थे। ग्रीक और लैटिन इस स्कूल में पढ़ाई जानेवाली मुख्य भाषाएँ थीं, बाइबिल उनके प्रतिदिन के पाठ्यक्रम का महत्वपूर्ण हिस्सा थी। यहीं से न्यूटन को बाइबिल पढ़ने की आदत पड़ गई। साथ ही न्यूटन को हिब्रू भाषा की भी अच्छी जानकारी हो गई थी।

उस वक्त की बाइबिल हिब्रू भाषा में लिखी हुई थी।

अपने पिता और माँ के साए से महरूम होने के कारण न्यूटन अंर्तमुखी हो गए थे। स्कूल के दिनों में भी वे ठीक से बोल नहीं पाते थे, शारीरिक रूप से भी काफी कमज़ोर थे और इस कारण कक्षा में वे सबसे अलग व छोटे दिखते थे। न्यूटन स्कूल में भी किसी से ज़्यादा बात नहीं करते थे। किंग्स स्कूल में उनके सहपाठी हमेशा उनका मज़ाक बनाते थे और उन्हें चिढ़ाते थे। न्यूटन का स्कूल में सिर्फ एक ही अच्छा दोस्त था - क्रिक्लो, जिसके साथ बात करना उन्हें पसंद था।

किंग्स स्कूल में छात्र अपनी रैंक (rank) के हिसाब से बैठते थे। एक बार न्यूटन गलती से हैड ब्वॉय आर्थर की जगह बैठ गए तो उसने न्यूटन की कमर पर लात मारते हुए कहा, 'यहाँ सिर्फ मैं बैठ सकता हूँ।'

फिर न्यूटन सबसे आखिरी सीट पर जाकर बैठ गए, उस समय उनके पेट में बहुत ज़ोर से दर्द हो रहा था। न्यूटन के आगे जो बच्चा बैठा हुआ था, उसके कान पर गहरा घाव था। तब न्यूटन समझ गए कि यह घाव भी प्रिन्सिपल के बेटे आर्थर स्टॉरर का दिया हुआ है। उस समय न्यूटन ने मन में ठान लिया कि किसी को तो पहल करनी पड़ेगी और शाम के समय चर्च के पीछे न्यूटन ने आर्थर को लड़ाई के लिए ललकारा। आसपास खड़े बच्चे तगड़े आर्थर और न्यूटन के छोटे, पतले-दुबले शरीर को देखकर अंदाजा लगा रहे थे कि किसकी जीत होगी। कुछ बच्चे आर्थर की तरफ थे और कुछ बच्चे आर्थर के डर के कारण किसी तरफ भी नहीं थे।

न्यूटन ने आर्थर को सँभलने का मौका दिए बिना उसके पेट में एक लात जमा दी और जैसे ही वह नीचे गिरा उसका कान पकड़कर खींच दिया। स्कूल में सब बच्चे न्यूटन को शांत, कमज़ोर और डरपोक लड़का समझते थे इसलिए उन सभी को न्यूटन से ऐसी प्रतिक्रिया की उम्मीद नहीं थी। आर्थर भी न्यूटन का यह रूप देखकर हैरान था। सभी बच्चे आर्थर

पर हँस रहे थे। आर्थर डरपोक निकला और हारकर वहाँ से भाग गया।

कहा जाता है कि इस घटना के बाद न्यूटन का आत्मविश्वास बढ़ गया। उन्होंने सोचा कि 'अगर मैं एक हट्टे-कट्टे विद्यार्थी को हरा सकता हूँ तो पढ़ाई में भी स्कूल के सभी बच्चों को हरा सकता हूँ।' न्यूटन जानते थे कि आर्थर रैंक में सबसे आगे था और न्यूटन का रैंक 80 बच्चों में आखिरी से पहला यानी 79 था। आर्थर की रैंक को पाना मुश्किल था लेकिन न्यूटन ने इसे एक चुनौती की तरह लिया। एक-एक सीट आगे बढ़ते हुए, एक-एक बैंच पर रैंक लिखते हुए, साल के अंत तक न्यूटन ने आर्थर से ज़्यादा नंबर हासिल किए और वे स्कूल के सबसे मेघावी छात्र बन गए। अब न्यूटन हैड ब्वॉय (head boy) बनकर आर्थर की सीट पर बैठ गए। आर्थर बहुत शर्मिंदा था। सबसे अच्छी बात यह थी कि न्यूटन जब तक किंग्स ग्रामर स्कूल में रहे, उन्होंने अपने पहले नंबर के रैंक को बनाए रखा।

न्यूटन ने छोटी उम्र में ही बहुत ज्ञान अर्जित कर लिया था। लेकिन बचपन से ही उन्हें अपने माता-पिता का न संरक्षण मिला और न ही प्यार-दुलार। ग्रांथम में भी वे मिस्टर क्लार्क के औषधालय में रहते थे, जहाँ केवल रोगी आते थे। यहाँ पर भी कोई हरा-भरा परिवार नहीं था। इस बात से न्यूटन अंदर ही अंदर बहुत निराश हो जाते थे और अपने आपको बेचारा, अनाथ, अभागा कहते थे। अपने जीवन के दुःख से संबंधित सारी बातें न्यूटन अपनी एक डायरी में लिखकर मन की भड़ास निकालते थे। यदि किसी बालक को कोई पीड़ा या कष्ट होता है तो वह सबसे पहले अपनी माँ को याद करता है और उसके बाद परिवार को क्योंकि इनकी मदद से ही बालक अपनी पीड़ा से उभर पाता है। मगर बालक न्यूटन बचपन से ही इन दोनों के प्यार से वंचित रहा।

मिस्टर क्लार्क के औषधालय में रहने से न्यूटन की रसायन विज्ञान में जिज्ञासा जाग्रत हुई। रात के समय न्यूटन औषधालय की छत पर सोते

थे और घंटों चाँद-तारों के प्रकाश, उनकी स्थिति और गति आदि के बारे में सोचते रहते थे। न्यूटन को अपने हाथों पर पूरा भरोसा था। अपने हाथों से कोई मॉडल, खिलौने आदि बनाना उन्हें बहुत अच्छा लगता था। वे बोर्ड पर या दीवारों पर चारकोल से अपना नाम, हस्ताक्षर, चिड़ियों, जहाज़ों और वैज्ञानिकों के चित्र बनाते रहते थे। न्यूटन अंतरिक्ष के पिंडों में से सूरज को बहुत चाहते थे। वे सूरज की गति के आधार पर गति का माप करते थे। उन्होंने लकड़ी के छोटे-छोटे गुटके दीवारों और धरती पर ठोक दिए ताकि प्रकाश के आधार पर समय का अध्ययन किया जा सके। लेकिन मौसम के बदलते ही समय का निर्धारण बदल जाता था। न्यूटन फिर प्रयास करते और हर मौसम के लिए अलग-अलग मॉडल बनाते थे। इस प्रकार बचपन से उन्होंने छोटे-छोटे प्रयोग करना शुरू किया था।

6
बचपन में किए गए आविष्कार

पुराने का जाना और नए का आना, यह जीवन का क्रम है, कुदरत का नियम है। यदि हम इस नई विचारधारा को पूरे दिल से स्वीकार करते हैं तो हमारे सामने एक नया मार्ग खुल जाएगा, जो नई और रोमांचक संभावनाओं से भरपूर होगा।

जब कोई नई विचारधारा सामने आती है तो लोग दुविधा में पड़ जाते हैं। अगर नया विचार उनकी मान्यताओं, कल्पनाओं और पुराने विचारों के विरोध में होता है तो उन्हें लगता है कि यह नया विचार गलत होगा। लेकिन कोई विचार नया है, इसका यह मतलब तो नहीं है कि वह गलत है। उदाहरण के तौर पर- अब तक आपने गोलाकार और सफेद रंग की 'इडली' देखी है। मान लीजिए, कोई कहे इडली तो चौकोन और लाल रंग की भी हो सकती है तो अधिकतर लोग इससे सहमत नहीं होंगे या चौंक उठेंगे। क्योंकि उनके मन में पहले से ही इडली की एक छवि मौजूद है। लेकिन पुराने ढाँचे से बाहर निकलकर जब कोई नया सोचता है, उसके जीवन में नवनिर्माण की नई संभावनाएँ खुलती जाती हैं।

'रचनात्मकता' ईश्वर का वह गुण है, जो नई सोच और खोज से आती है। उससे आप जीवन में यू टर्न लेते हैं, नए तरीके से सोचकर नवनिर्माण करते हैं। आइज़ैक न्यूटन में बचपन से ही रचनात्मकता का गुण

दिखाई दे रहा था। इसी गुण की बदौलत उन्होंने प्रकृति के रहस्य खोज निकालें और नए-नए आविष्कार किए।

बचपन में जिस समय न्यूटन के सहपाठी स्याही में पेन डूबोकर लिखना सीख रहे थे, तब तक न्यूटन शार्ट हैंड (short hand) में पारंगत हो चुके थे। उनके स्कूल में सब तोते की तरह रटनेवाले विद्यार्थी थे और टीचर को भी वही पसंद था। लेकिन न्यूटन तो हर चीज़ को प्रयोग करके ही सीखते थे। शुरू में कुछ टीचर और सहपाठियों को न्यूटन का यह रवैया पसंद नहीं आया लेकिन धीरे-धीरे उन सभी को भी न्यूटन द्वारा किए गए प्रयोग पसंद आने लगे। उन्होंने शुरू से ही अपने आपको काम में इतना लीन कर लिया था कि उन्हें खाने-पीने का होश भी नहीं रहता था। लेकिन जब वे अपने आविष्कारों को सबके सामने पेश करते थे तो देखनेवाले दाँतो तले ऊँगलियाँ दबा लेते थे।

मिस्टर क्लार्क के दोस्त डॉक्टर विलियम सटकली का कहना था कि 'यहाँ न्यूटन को सब जानते थे, ये सब उसके द्वारा बनाए आविष्कारों का कमाल था, नहीं तो वह ज़्यादा बोलनेवाला बच्चा नहीं था, केवल उसका काम बोलता था। न्यूटन को मशीनों और कलपुर्जों आदि से बहुत लगाव था। वह सामान्य बच्चों की तरह औरों के साथ खेलने की बजाय लकड़ी से अलग-अलग मॉडल बनाना पसंद करता था। वह शारीरिक रूप से काफी कमज़ोर था लेकिन ऐसे काम के वक्त उसमें पता नहीं कहाँ से ताकत आ जाती थी, वह भारी हथौड़ी एक हाथ से पकड़ता और अपने काम में लगा रहता था।'

पवन चक्की का आविष्कार

एक दिन न्यूटन के टीचर मिस्टर हेनरी स्टॉकस उन्हें पवन चक्की दिखाने लेकर गए, जिसे देखकर न्यूटन इतने प्रेरित हुए कि उन्होंने हूबहू वैसी ही पवन चक्की का मॉडल बनाया। पवन चक्की के मॉडल को चलाने के लिए न्यूटन ने हवा का इंतज़ार नहीं किया। बल्कि उन्होंने पवन

चक्की के एक तरफ एक चूहे को रखा और दूसरी तरफ खाने का सामान रखा, जब चूहा खाने के लिए भागता तो पवन चक्की चलने लगती। मिस्टर हेनरी स्टॉकस न्यूटन का यह मॉडल देखकर बहुत प्रभावित हुए।

न्यूटन की पानी पर चलनेवाली घड़ी

न्यूटन ने पानी से चलनेवाली घड़ी बनाने के लिए 4 फुट का एक बॉक्स लिया, जो उन्होंने मिस्टर क्लार्क के भाई से माँगा था। उन्होंने बताया कि 'यह घड़ी एकदम सही वक्त बताती थी, इसके डॉयल को, नंबर लिखकर खुद न्यूटन ने पेंट किया था।' क्लार्क परिवार में इस घड़ी को खास मौकों पर ही निकाला जाता था। इस घड़ी में पानी भरना पड़ता था। जब पानी कुछ अंतराल के बाद नीचे गिरता तो घड़ी की सुई आगे बढ़ जाती थी। लेकिन 1701 में जब मिस्टर क्लार्क का घर तोड़कर दोबारा बनवाया जा रहा था तब न्यूटन का यह आविष्कार नष्ट हुआ।

सण्डायल (सूर्य घड़ी)

न्यूटन ऐसी जगह रहते थे, जहाँ लोग ज़्यादा पढ़े-लिखे नहीं थे और ना ही आस-पास के माहौल के बारे में ज़्यादा सवाल करते थे। उनके पास सही समय पता लगाने के लिए घड़ी भी नहीं होती थी। वे लोग सूरज की दिशा को देखकर ही समय का अंदाजा लगाते थे। कोई आपातकालीन स्थिति होने पर चर्च में लगे घण्टे को बजाकर सबको सूचित किया जाता था। वे सब पुराने ढर्रे पर ही चल रहे थे लेकिन न्यूटन का दुनिया को देखने का नज़रिया एकदम अलग था। वे हर चीज़ को नए दृष्टिकोण से देखते थे।

न्यूटन नित नए प्रयोग करते रहते थे। वे अपने कमरे में सूरज निकलने और छिपने के समय को नोट करते और बीच-बीच में सूरज की किरणें कहाँ-कहाँ पड़ती हैं, इसका प्रतिदिन और प्रति सप्ताह विश्लेषण किया करते थे। कई दिनों की मेहनत के बाद उन्होंने सन्डायल (sundial) बनाई। जिसे बाद में 'न्यूटन डॉयल' कहा गया। न्यूटन द्वारा बनाई गई

सन्डायल आज भी कोलस्टरवोर्थ चर्च में लगी हुई है, जिसे उन्होंने 12 साल की उम्र में बनाया था। यह घड़ी चर्च को मिस्टर क्रिस्टोफर ने भेंट की थी। क्रिस्टोफर ने 1733 में न्यूटन परिवार से वूल्स्थ्रोप मेनोर (न्यूटन का घर) खरीद लिया था और क्रिस्टोफर को यह घड़ी घर के पिछले भाग में कोयले के ढेर के नीचे दबी पड़ी मिली। ऐसा लगता था जैसे किसी ने जानबूझकर उसे वहाँ छिपाया था।

लालटेन की पतंग

न्यूटन के जमाने में लोग बहुत अंधविश्वासी थे। बिल्ली के रास्ता काटने पर अपने काम पर भी नहीं जाते थे और रात को टूटते तारे का दिखना तो बहुत ही बड़ा अपशकुन माना जाता था। कहा जाता था कि इससे राष्ट्रीय आपदा आती है। उस समय न्यूटन ने एक लालटेननुमा पतंग बनाई थी, जिसके बीच में उन्होंने मोमबत्ती को इस तरह रखा था कि वह किसी को दिखाई न दे। कई बार वे सर्दियों की धुंधभरी सुबह में लालटेन की डोरी पकड़कर चलते थे ताकि हवा में उड़ती लालटेन उन्हें रास्ता दिखा सके। मगर लोग आसमान में लालटेन की रोशनी देखकर डर जाते थे। उन्हें भ्रम होने लगा कि यह टूटता तारा (उल्कापात) है, अब कुछ अशुभ होनेवाला है। लेकिन जब लोगों को पता चला कि यह न्यूटन का नया आविष्कार है तो सभी ने उनकी बहुत तारीफ की।

हवा, तूफान और सामान्य मौसम में इंसान का बल

एक दिन न्यूटन तेज़ हवा में इधर-उधर कूद रहे थे, शायद उनके दिमाग में कोई नया आविष्कार जन्म ले रहा था। उन्होंने तूफान के वक्त और सामान्य मौसम में कूदकर देखा और फिर अपने पैरों के निशानों को ध्यान से देखा और पेपर पर कुछ लिखने लगे। न्यूटन ने इस शोध से पता लगाया कि हवा, तूफान और सामान्य मौसम में इंसान के ऊपर अलग-अलग तरह से बल लगता है। यह बात उन्होंने अपने सहपाठियों को बताई लेकिन उनके सहपाठी उनकी बात से सहमत नहीं हुए। तब

न्यूटन ने अपने पैरों के निशान और शोध पत्र सबको दिखाए। सब हैरान थे क्योंकि उन्होंने इस बात पर कभी गौर ही नहीं किया था। बाद में जब सबको न्यूटन के बनाए आविष्कारों के बारे में पता चला तो सबने उनकी बहुत तारीफ की।

जब न्यूटन ने ये आविष्कार किए तब उन्हें प्रोत्साहन देनेवाला कोई नहीं था। अपनी सही सोच की बदौलत उन्होंने अपने जीवन में ऐसा यू टर्न लाया, जिससे उन्होंने वैज्ञानिक जगत में खलबली मचा दी। न्यूटन ने बचपन से ही अपने ज्ञान को वरदान बनाया। इस तरह न्यूटन की बुद्धि बचपन से ही आविष्कारी थी। यदि बचपन में ही वे इतना सब करते थे तो इससे अंदाजा लगाया जा सकता है कि भविष्य में वे क्या-क्या करेंगे।

7

न्यूटन और ग्रांथम

'सत्य कभी बहुलता और भ्रमित करनेवाली चीज़ों में नहीं बल्कि सादगी में होता है।' न्यूटन द्वारा कहे गए ये शब्द उनके चरित्र को वर्णित करते हैं। जिसकी पुष्टि उनके करीब रह चुके लोगों ने कई बार की है। विलियम स्टुकेली, जो न्यूटन के कई आविष्कारों के साक्षी भी थे, उनके द्वारा न्यूटन के जीवन पर लिखी गई 'मेमोरीज ऑफ़ सर आइज़ैक' ये सबसे पहली बायोग्राफी आज भी रॉयल सोसायटी में सुरक्षित रखी है।

विलियम स्टुकेली आइज़ैक न्यूटन के कुछ गिने-चुने दोस्तों में से एक खास युवा दोस्त थे। वे रॉयल टकसाल में न्यूटन के जूनियर फेलो थे, उन्होंने न्यूटन के साथ काफी वक्त बिताया था।

बचपन में जब न्यूटन ग्रांथम में थे तो वे अकसर अपने सेंट वुल्फ्रेड चर्च की ऊपरी मंज़िल पर बनी लाइब्रेरी में किताबें पढ़ने जाते थे। 1634 में प्रकाशित हुई जॉन बैट की 'द मिस्ट्रीज ऑफ नेचर एंड आर्ट' न्यूटन की पसंदीदा किताब थी। इस किताब में से न्यूटन अपनी नोट बुक में ड्राइंग, इंद्रधनुष (Rainbow) और कुदरत के नज़ारों के बारे में लिखते थे। न्यूटन की किताबों से नोट्स बनाने की आदत पूरी उम्र बनी रही, कई बार तो वे पूरा का पूरा पेज जैसे के तैसे कॉपी कर लेते थे। इसी किताब को पढ़कर न्यूटन की प्रकृति और कुदरत के प्रति जिज्ञासा उत्पन्न हुई थी। भाषा हो

या विज्ञान न्यूटन हर चीज़ को अपने दृष्टिकोण से परखते थे और सही लगने पर ही उसे अपनाते थे। यही उनके आविष्कारों के सफलता की कुँजी (key) थी।

दरअसल बच्चे प्रयोग करके ही हर चीज़ को परखते हैं, उसे समझते हैं। लेकिन कुछ माता-पिता अपने बच्चों के प्रयोग को समझ नहीं पाते और उन्हें डाँटते रहते हैं। यदि किसी बच्चे के हाथ में मोबाईल दिया जाए तो उस पर पानी डालकर बच्चा यह जानना चाहता है कि मोबाईल वॉटरप्रुफ है कि नहीं है। इसलिए या तो आप उसे बता दें कि यह मोबाईल वॉटरप्रुफ है या उसे प्रयोग करके खुद जानने दें।

कभी-कभी बच्चा चीज़ों को इधर-उधर फेंकता हैं क्योंकि उसे मालूम है कि चीज़ें कहीं पर भी फेंकेंगे तो वापस धरती पर ही आती हैं। धरती के अलावा और कहीं नहीं जाती हैं। चीज़ें किसी दूसरे प्लैनेट पर नहीं जाएँगी। बच्चा प्रयोग करके यह सब जानना चाहता है।

बच्चा खाने में पानी डालता है तो वह भी वही कर रहा है जो आप कर रहे हैं। फर्क सिर्फ इतना है कि आप खाना खाने के बाद पानी डालते हैं, वह खाने के पहले डालता है। दरअसल बच्चा नए-नए प्रयोग करके जानना चाहता है कि खाना खाने से पहले उसमें पानी डालने से क्या होता है। वह खाने में पानी डालकर खाना चाहता है। इससे उसे स्वाद में कोई फर्क महसूस नहीं होता।

यदि आपने बच्चों को यह प्रशिक्षण दिया है कि क्या करना चाहिए और क्या नहीं करना चाहिए तो आप कुछ बोलेंगे नहीं तो भी वे समझ जाएँगे। अकसर माता-पिता बच्चों को 'क्या नहीं करना चाहिए', यह बताते रहते हैं। वे बोलते रहते हैं 'ऐसा मत कर, वैसा मत कर।' मगर बच्चा जानना चाहता है कि 'मैं क्या करूँ? मोबाईल पर पानी नहीं डालूँ तो किस पर डालूँ?' तब आप उसे पेड़-पौधों को पानी देना सीखा सकते हैं। बच्चा चीज़ें फेंकना चाहता है तो उसे ऐसी चीज़ें लाकर दे सकते हैं,

जिन्हें फेंकने से उसकी शक्ति बढ़ेगी। इसलिए उसे वैसी चीज़ें लाकर देनी हैं ताकि उसकी भी इच्छा पूरी हो जाए।

माता-पिता द्वारा जब बच्चे को यह स्पष्ट बताया जाता है कि कौनसी चीज़ें फेंकनी चाहिए और कौनसी नहीं तो समय के साथ जब उसे यह स्पष्ट होता है तो माता-पिता पर उसका विश्वास खुद-ब-खुद बढ़ता जाता है। फिर उसे डाँटने या समझाने की आवश्यकता नहीं होती।

कोई गलती होने पर जब आप बच्चे को डाँटने के लिए आवाज़ को थोड़ा बदलते हैं तो बच्चा समझ जाता है। आपको खास बच्चे के लिए वह आवाज़ इस्तेमाल करनी है, बाकी जगहों पर उसका उपयोग नहीं करना है। फिर आगे चलकर आपको उसकी भी ज़रूरत महसूस नहीं होगी।

प्रस्तुत पुस्तक में ऐसे ही एक अंर्तमुखी बच्चे का जीवन चरित्र सरल शब्दों में बताने का प्रयास किया गया है। आम बच्चों की तरह वह भी हमेशा नित नए प्रयोग करता रहता था। उसे अपने जीवन में माता-पिता का साथ बहुत कम मिल पाया इसलिए उसके प्रयोगों को विरोध करने के लिए या डाँटने के लिए कोई था नहीं। नए-नए प्रयोग करना उसे अच्छा लगने लगा। इन प्रयोगों से ही उसके जीवन में यू टर्न आया। वह बच्चा बड़ा होकर 'सर आइज़ैक न्यूटन' के नाम से प्रसिद्ध हुआ।

बचपन में पढ़ाई के लिए न्यूटन उनके एक रिश्तेदार मिस्टर क्लार्क के घर पर रहते थे। न्यूटन की प्रतिभा को वे जल्द ही पहचान गए इसलिए वे कभी भी न्यूटन को अपने घर की दीवार पर कुछ भी बनाने से रोकते नहीं थे। मिस्टर क्लार्क के घर रहते हुए मासूम न्यूटन ने चार्ल्स (प्रथम), जॉन डोने और अपने स्कूल मास्टर स्टॉक्र्स के भी चित्र बनाए, साथ ही दीवारों पर गोल, चौकोर आकृतियाँ, उड़ती चिड़ियाँ और कई सारे चित्र बनाए। जब न्यूटन ग्रांथम से गए तो मिस्टर क्लार्क की ऊपरी मंज़िल की दीवारें न्यूटन के आरंभिक आविष्कारों से अटी पड़ी थी। बचपन से ही न्यूटन के आविष्कारों में एक ताल (rhythm) थी। उनका एक आविष्कार

दूसरे आविष्कार का पूरक होता था। न्यूटन का अपना एक पैटर्न था। उन्हें अकेले शांति से रहना पसंद था लेकिन वे कभी भी अपना समय व्यर्थ नहीं गँवाते थे। हालाँकि वे कई बार अपने स्कूल का बोरिंग होमवर्क नहीं करते थे लेकिन उनके दिमाग में नित नया आविष्कार जन्म लेता था। उन्हें अपने दिमाग का उपयोग और अपने कुदरती कलात्मक हाथों से कुछ बनाते रहना पसंद था।

मिस्टर क्लार्क का घर चढ़ाई पर सबसे ऊपर की तरफ स्थित था। न्यूटन मिस्टर क्लार्क के घर ऊपर की मंज़िल पर रहते थे और नीचे की मंज़िल पर मिस्टर क्लार्क की दवाइयों की दुकान थी, न्यूटन कई बार एक तरफ बैठकर देखते थे कि दो अलग तरल पदार्थों के मिलने से कौन सा नया पदार्थ बनता है। दवाइयों को बनते देखना न्यूटन को पूरी ज़िंदगी काम में आया। वे पूरी उम्र कभी डॉक्टर के पास नहीं गए, बस अपने आखिरी वर्षों में जब उनकी तबीयत ज़्यादा ही खराब हुई तब डॉक्टर की सेवाएँ ली वरना छोटी मोटी बीमारी में तो वे अपना इलाज़ स्वयं ही कर लेते थे।

इससे न्यूटन की रसायनविज्ञान यानी अलकेमी (lchemy) में रुचि जगी और न्यूटन ने आगे चलकर द्रव्य पदार्थों से संबधित कई शोध भी किए। न्यूटन किंग्स ग्रामर स्कूल में 4 साल से ज़्यादा समय तक रहे और फिर वापिस वूल्स्थ्रोप मेनोर चले गए।

8
न्यूटन की घर वापसी

न्यूटन अपने स्कूल के लिए ही नहीं बल्कि अपने घरवालों के लिए भी एक पहेली थे, जिसे सिर्फ एक ही इंसान हल कर सकता था और वह थे स्वयं न्यूटन।

ग्रांथम के स्कूल में शुरुआत में न्यूटन का रिकॉर्ड अच्छा नहीं था लेकिन बाद में उनका आत्मविश्वास बढ़ा और पढ़ाई में उनकी रुचि भी बढ़ गई। इसी दौरान उनकी माँ हन्ना को खेती का काम सँभालने में काफी कठिनाईयाँ आ रही थी। इसलिए उन्होंने 1659 में न्यूटन को ग्रांथम से वापिस आने का संदेश भेजा। हन्ना चाहती थी कि न्यूटन भी अपने पिता की तरह किसान बने और भेड़ों का पालन-पोषण करे। उस समय न्यूटन इतने बड़े नहीं थे कि वे अपनी माँ के फैसले का विरोध कर सके। न्यूटन जानते थे कि वे वूल्स्थ्रोप के बाकी किसान परिवारों के बच्चों से अलग है लेकिन माँ की किसी भी बात को मना करना उनके बस में नहीं था। न्यूटन अभी तक अपने जीवन के भावी लक्ष्य को निर्धारित नहीं कर पाए थे कि उन्हें भविष्य में क्या करना है। लेकिन उन्हें यह विश्वास था कि वे खेत जोतने के लिए पैदा नहीं हुए हैं।

हन्ना जब न्यूटन को खेती से संबंधित कोई काम सौंपती थी या न्यूटन को भेड़ों की देख-रेख के लिए भेजती थी तो न्यूटन या तो हाथ

में चाकू लेकर लकड़ी काटकर कोई नया मॉडल बनाने लगते या फिर किताब पढ़ने बैठ जाते थे। उन्हें यह भी ध्यान नहीं रहता था कि उनकी भेड़ें किसी का खेत बरबाद कर रही हैं। उस समय वे नदी की धारा में उठनेवाली भँवरों, तरंगों, पानी की उछाल, पानी में बहती लकड़ियों की गति को आँकने तथा चट्टानों पर बहते पानी के रंगों आदि को महसूस करने में व्यस्त रहते थे।

ऐसा कहा जाता है कि यदि हम एक ही चीज़ पर अपना पूरा ध्यान केंद्रित करें तो वह हमें जीवन में सर्वोत्तम स्थान दिला सकती है, बजाय इसके कि हमारा मन कई चीज़ों पर भटकता रहे। न्यूटन की माँ ने उन्हें खेती से संबंधित कई कार्य दिए थे लेकिन न्यूटन का पूरा ध्यान हमेशा अपने प्रयोगों और नए-नए आविष्कार करने में लगा रहता था। इन्हीं आविष्कारों ने न्यूटन को भविष्य में एक सफल वैज्ञानिक बनाया।

न्यूटन की माँ बचपन में उसकी पढ़ाई के प्रति लगन को महसूस कर रही थी लेकिन घर की तंगहाली की वज़ह से वह स्कूल की फीस नहीं दे सकती थी। उस दौरान हन्ना के भाई विलियम एस्कॉफ और ग्रांथम स्कूल के मास्टर हेनरी स्टॉकस ने हन्ना को समझाकर न्यूटन की पढ़ाई वापिस शुरू करवाने में बहुत महत्वपूर्ण भूमिका निभाई।

विलियम, जिसके बिना न्यूटन की कहानी अधूरी है। वे न्यूटन की माँ के भाई थे और उनका पूरा नाम रेवरॅण्ड विलियम एस्कॉफ था। हन्ना ने अपनी ज़िंदगी में कोई भी काम विलियम से पूछे बिना नहीं किया और विलियम हमेशा हन्ना को सही सलाह देता था। विलियम ने अपनी वसीयत में भी न्यूटन का ज़िक्र करते हुए उसके लिए जमीन का टुकड़ा छोड़ा था। जब न्यूटन छोटा था तब विलियम ने ही छानबीन करके उसका दाखिला ग्रांथम के सबसे अच्छे किंग्स ग्रामर स्कूल में करवाया। जब हन्ना ने न्यूटन को ग्रांथम से वापिस बुला लिया तो एक दिन विलियम ने न्यूटन को पेड़ के नीचे बैठकर किताब पढ़ते देखा और अपनी बहन से कहा, 'गाँव में ऐसी प्रतिभा मिलना बहुत मुश्किल है, इसे वापिस पढ़ने भेजो,

तुम्हें अपने फैसले पर कभी पछतावा नहीं होगा।' हन्ना ने अपने भाई से इस बारे में सोचकर कुछ फैसला लेने के लिए कहा।

हन्ना न्यूटन को विश्वासपात्र नौकर के साथ मक्का बेचने के लिए ग्रांथम मार्केट भेजती थी, जहाँ न्यूटन नौकर को सामान बेचने का काम सौंपकर मिस्टर क्लार्क की छोटी सी लाइब्रेरी में किताबें पढ़ने लगता था। ये किताबें उन्हें कुछ दिन पहले ही उनके भाई ने दी थी, यहाँ न्यूटन ने फ्रांसिस बेकन, रेने गैलीलियो, अरस्तु और प्लेटो की किताबें पढ़ी। ये सब किताबें न्यूटन के लिए बिलकुल नई थी। उन्हें नई किताबें पढ़ना अच्छा लग रहा था। एक दिन मिस्टर स्टॉक्स ने न्यूटन को किताब पढ़ते देखा और पूछा, 'न्यूटन, तुम्हें पढ़ना अच्छा लगता है?' न्यूटन ने हाँ में सर हिलाया और फिर किताब पढ़ने लगे।

हेनरी स्टॉक्स को न्यूटन का पढ़ाई छोड़ना अच्छा नहीं लगा था, वे न्यूटन की माँ से इस बारे में पहले भी बात कर चुके थे। लेकिन उस समय वे हन्ना को मनाने में कामयाब नहीं हुए थे और अब वे न्यूटन के किताबों के प्रति प्रेम को देख रहे थे। इसलिए उन्होंने एक बार फिर न्यूटन की माँ से मिलने का फैसला किया।

जब दूसरी बार वे हन्ना से मिलने पहुँचे तब न्यूटन अपनी डायरी लिख रहे थे। ऐसा कहा जाता है कि हर इंसान का चरित्र उसके दोस्तों से ही पता चलता है। न्यूटन की सबसे करीबी दोस्त थी, उनकी डायरी। एक कामयाब इंसान में अपने लक्ष्य, अपने काम और अपने विचार लिखने का गुण होता है। न्यूटन में तो यह गुण बचपन से ही था। डायरी तो कई लोग लिखते हैं लेकिन सही तरीके से लिखनेवाले बहुत ही कम होते हैं और वे ही आगे जाकर सफल होते हैं। सही तरीके से डायरी लिखने से हमें उसका भविष्य में बहुत लाभ होता है।

कम उम्र में ही न्यूटन को डायरी लिखते हुए देखकर हेनरी स्टॉक्स ने न्यूटन की माँ को समझाते हुए कहा, 'न्यूटन का जन्म सिर्फ खेती

करने के लिए नहीं हुआ है, वह एक प्रतिभाशाली छात्र है, उसे आगे पढ़ने दीजिए।' जब न्यूटन की माँ ने मिस्टर स्टॉक्स को घर की हालत से अवगत करवाया तो उन्होंने न्यूटन की फीस माफ करवाने का भी वादा किया। उसके पश्चात न्यूटन की माँ उसे आगे पढ़ाने के लिए तैयार हो गई और न्यूटन फिर से किंग्स स्कूल में पढ़ने के लिए ग्रांथम चले गए।

1660 में न्यूटन मिस्टर क्लार्क के घर में ऊपर की मंज़िल के अपने पुराने कमरे में वापिस आ गए। स्कूल में आकर न्यूटन अपनी पढ़ाई में पूरी तरह से डूब गए। उनके प्राध्यापक मिस्टर हेनरी स्टॉक्स ने न्यूटन के लिए अलग से कोचिंग की भी व्यवस्था कर दी।

न्यूटन ने किंग्स स्कूल में पढ़ते हुए कॉलेज के लिए एन्ट्रेंस एग्जाम दे दिया। जल्द ही उनका दाखिला कैम्ब्रिज कॉलेज में हो गया और उनके जाने का दिन भी आ गया। मिस्टर स्टॉक्स और मिस्टर क्लार्क उनके जाने से दुःखी थे लेकिन उनके कैम्ब्रिज कॉलेज में दाखिला होने से खुश भी थे। विदाई समारोह में मिस्टर स्टॉक्स ने न्यूटन को फूलों का गुलदस्ता दिया। जब न्यूटन किंग्स स्कूल से जा रहे थे तो मिस्टर स्टॉक्स की आँखों में आँसू थे। वे दूसरे छात्रों को न्यूटन के जैसा बनने के लिए कह रहे थे। उस समय कई और बच्चों की आँखें भी नम हो गई थी, इसका मतलब था कि न्यूटन की प्रतिभा ने उनके सहपाठियों की उनके प्रति सोच को बदल दिया था।

न्यूटन के अनुसार- मिस्टर स्टॉक्स सबसे अच्छे टीचर थे। न्यूटन कभी-कभी अपने दोस्तों को उनके बारे में बताते थे। लेकिन न्यूटन को प्रसिद्धि मिलने से पहले ही न्यूटन के अच्छे टीचर (मिस्टर स्टॉक्स) का देहांत हो गया था।

हर कामयाब संस्था, हर सफल इंसान के जीवन में नव निर्माण का कार्य कलमबद्धता की आदत की वजह से ही हो पाया है। विश्व में सारे रचनात्मक कार्य कलमबद्धता की आदत की वजह से संपन्न हुए हैं।

अगर शुरुआत से न्यूटन ने अपने जीवन की बातों को अपनी डायरी में कलमबद्ध नहीं किया होता तो आज हम न्यूटन के चरित्र के बारे में इतना नहीं जान पाते थे। न्यूटन एक रचनात्मक इंसान थे इसलिए उन्होंने अपने जीवन में हर चीज़ की संभावना को खोला। अपने विचारों को उन्होंने खिलने, खुलने का पूरा मौका दिया इसलिए वे वैज्ञानिक जगत की एक मशहूर हस्ती बन पाए।

खण्ड 2
कैम्ब्रिज यूनिवर्सिटी में न्यूटन

9

उच्च शिक्षा – कैम्ब्रिज यूनिवर्सिटी में प्रवेश

वूल्स्थ्रोप से तीन दिन की यात्रा के बाद 18 साल के न्यूटन ने 4 जून 1661 को कैम्ब्रिज यूनिवर्सिटी में कदम रखा। इस वक्त कैम्ब्रिज यूनिवर्सिटी को 400 साल पूरे हो चुके थे और यह यूनिवर्सिटी इंग्लैंड की सबसे प्रसिद्ध यूनिवर्सिटी थी। अपने खानदान में न्यूटन ऐसे पहले इंसान थे, जिसने कॉलेज की सीढ़ियाँ चढ़ी थी।

न्यूटन धीरे-धीरे आगे बढ़ रहे थे, उन्होंने इतनी भव्य इमारत कभी नहीं देखी थी। यूनिवर्सिटी की इमारत ग्रीक आर्किटेक्चर का अनूठा और जीता जागता उदाहरण थी। ग्रीक आर्किटेक्चर गणित की आकृतियों पर आधारित था और सीधी रेखाओं, सर्कल, त्रिकोण और आयताकार आकृति को आधार बनाकर ही इमारत का निर्माण बड़ी खूबसूरती से किया गया था।

वहाँ इतने लोग थे जैसे मेला लगा हो। कुछ छात्र और प्रोफेसर गाउन और सिर पर कैप पहने इधर से उधर जा रहे थे। कुछ छात्र न्यूटन जैसे भी थे, जिन्होंने पहली बार कॉलेज में कदम रखा था। वे सभी न्यूटन की तरह इंग्लैंड की सबसे प्रसिद्ध कैम्ब्रिज यूनिवर्सिटी की खूबसूरती को निहार रहे थे। न्यूटन को भी पहनने के लिए गाउन और कैप दिए गए क्योंकि उस यूनिवर्सिटी के छात्र और प्रोफेसर दोनों को ही गाउन और

कैप पहनना है, यह नियम बनाया हुआ था ताकि वे सबसे अलग लगे। लेकिन प्रोफेसर और छात्रों के गाउन और कैप का रंग अलग-अलग था।

कैम्ब्रिज यूनिवर्सिटी में दाखिला लेना किसी सामान्य इंसान के लिए बहुत मुश्किल था। विलियम एस्कॉफ, जो न्यूटन की प्रतिभा से भली-भाँति परिचित थे, उन्होंने मिस्टर क्लार्क की पत्नी के भाई हमफेरी बबिंगटन, जो ट्रिनिटी कॉलेज में सीनियर फेलो थे, उनसे कहकर कैम्ब्रिज यूनिवर्सिटी में न्यूटन का दाखिला करवाया। वजह कुछ भी हो लेकिन न्यूटन के रूप में कैम्ब्रिज को उसका सबसे प्रसिद्ध छात्र मिल रहा था लेकिन सब इस बात से अनभिज्ञ थे, खुद न्यूटन भी।

कैम्ब्रिज यूनिवर्सिटी का विस्तारित वर्णन

कैम्ब्रिज यूनिवर्सिटी के चार भाग थे - किंग्स, क्वीन, जीज़स और ट्रिनिटी। सभी कॉलेज में से ट्रिनिटी एक पवित्र कॉलेज था क्योंकि इसके सभी प्रोफेसर और फेलो चर्च के पादरी थे। ट्रिनिटी कॉलेज 1546 में राजा हेनरी (आठवाँ) के कारण अस्तित्व में आया था।

किंग्स कॉलेज एक तरह का निष्पक्ष कोर्ट था और सभी दूसरे कॉलेज को अपने बराबर मानता था। जबकि क्वीन कॉलेज में कुछ ऐसे छात्र भी थे, जिन्हें सिर्फ डिग्री लेनी थी, पढ़ाई से उनका कोई वास्ता नहीं था। ऐसे छात्र अधिकतर अमीर घरों के होते थे। जुआ खेलना और पब में जाना इनके लिए रोज़ का काम था। वैसे छात्रों की निगरानी के लिए गार्ड भी थे लेकिन फिर भी रात को कई छात्र चुपचाप कॉलेज से बाहर निकल जाते थे।

जीज़स कॉलेज बाकी सभी कॉलेज पर अपना प्रभुत्व रखता था। इसमें कोई हैरानी की बात नहीं थी कि न्यूटन का दाखिला कैम्ब्रिज के सबसे प्रसिद्ध कॉलेज ट्रिनिटी में हुआ था। क्योंकि न्यूटन की प्रतिभा के अनुसार ट्रिनिटी कॉलेज ही उनके लिए सबसे बेहतर था।

10

न्यूटन एक सीज़र

न्यूटन की माँ हन्ना पहले ही दो पतियों की मौत झेल चुकी थी। उसके पास जमीन और पैतृक व्यवसाय भी था लेकिन उनके घर में ये सब सँभालनेवाला कोई नहीं था। इसके साथ ही अब हन्ना को तीन और बच्चों का पालन-पोषण भी करना था। इसलिए हन्ना न्यूटन को उसकी ज़रूरत के हिसाब से पैसे नहीं भेज पा रही थी। पहली बार क्लास में जाने से पूर्व न्यूटन ने कुछ ज़रूरी चीज़ें खरीदी। जिनमें एक दवात (ink -bottle), 140 पेज की एक नोटबुक और कुछ मोमबत्तियाँ थी।

अपनी प्रतिभा को निखारने का न्यूटन के लिए यह एक सुनहरा मौका था लेकिन यहाँ भी उसकी ज़िंदगी इतनी आसान नहीं थी। कैम्ब्रिज यूनिवर्सिटी में गरीब छात्रों को फीस देने के लिए अमीर छात्रों और प्रोफेसरों का सीज़र बनना पड़ता था। इसका मतलब था कि सीज़र पैसे के बदले प्रोफेसरों और अमीर छात्रों का काम करेंगे। 13 सीज़र की फीस यूनिवर्सिटी देती थी लेकिन इसके बदले उन्हें 3 प्रोफेसर और 10 सीनियर फेलो की सेवा में लगा दिया जाता था। बाकी सबसीज़र होते थे, जो अमीर छात्रों का काम करते थे और बदले में उन्हें पैसे मिलते थे। उस समय सीज़र और सबसीज़र के साथ कैसा बरताव होता था, ये कैमडन सोसायटी में जॉन स्ट्रीप के सुरक्षित रखे गए पत्रों से पता चलता है। जो

उसने अपनी ग्रेजुएशन के दौरान अपनी माँ को लिखे थे। जॉन कैम्ब्रिज यूनिवर्सिटी के किंग्स कॉलेज में था, वह न्यूटन की तरह ही सबसीज़र था। इन पत्रों पर कैम्ब्रिज 1662 लिखा हुआ है, जॉन के पत्रों के अनुसार -

सीज़र और सबसीज़र को क्लास में साथ बैठकर पढ़ने का तो अधिकार है। लेकिन एक सीज़र को दूसरे सीज़र या सबसीज़र के साथ ही रहने के लिए कमरा दिया जाता है। जिस प्रोफेसर या फेलो के लिए सीज़र और सबसीज़र काम करते हैं, वे उन्हें किसी भी समय काम के लिए बुला सकते हैं और अगर मेस (dining room) में कोई फेलो या अमीर छात्र खाना खा रहा है तो सीज़र उनके साथ बैठकर खाना नहीं खा सकते। अगर सीज़र या सबसीज़र को झूठे बर्तन साफ करने के लिए कहा जाए तो उन्हें वह भी करना पड़ता है। एक तरह से सीज़र या सबसीज़र का काम एक घरेलू नौकर के काम की तरह ही है। साथ ही अमीर छात्र ऐसे सीज़र और सबसीज़र छात्रों का मज़ाक भी उड़ाते हैं।

माँ द्वारा भेजे पैसों से न्यूटन अपने कॉलेज की फीस भी नहीं दे पाते थे। इसलिए कॉलेज में लगनेवाली अन्य आवश्यक चीज़ों को खरीदने के लिए न्यूटन ने भी अन्य छात्रों की भाँति सीज़र का काम करना स्वीकार किया। जब यह बात हन्ना को पता चली तो उसे बहुत दुःख हुआ लेकिन विलियम ने अपनी बहन को आश्वस्त किया था कि अगर न्यूटन काम करेगा तो आत्मनिर्भर भी बनेगा।

सीज़र के रूप में न्यूटन को भी कई काम करने पड़े। जैसे न्यूटन ने खाना परोसा, बाज़ार से सामान लेकर आया और कई बार तो सफाई का काम भी किया। लेकिन उन्होंने हार नहीं मानी और अपने लक्ष्य को पाने के लिए प्रयासरत रहे। बस यह अच्छी बात थी कि न्यूटन हमफेरी बबिंगटन के सीज़र थे। हमफेरी बबिंगटन महीने में कुछ दिनों के लिए ही आते थे। न्यूटन उनका सारा घरेलू काम करते थे लेकिन उन्होंने कभी न्यूटन के साथ बुरा बरताव नहीं किया।

हमफेरी बबिंगटन के अनुसार 'हम सभी सुबह 7 बजे और शाम को 5 बजे चर्च जाते थे, तब न्यूटन मेरे कपड़े और जूते पहले ही तैयार करके मेरे कमरे में रख देता था। वह हर काम में माहिर था। न्यूटन मेरे रोज़मर्रा के सारे काम करता और फिर अपनी कॉलेज की पढ़ाई करके चर्च में सबसे आगे खड़े होकर बाइबिल भी पढ़ता था। उसे सचमुच ईश्वर का आशीर्वाद प्राप्त था।' इस प्रकार से हमफेरी बबिंगटन न्यूटन की बहुत तारीफ करते थे।

जब कभी न्यूटन को कोई चीज़ खरीदने के लिए अधिक पैसों की ज़रूरत होती तो वह अमीर छात्रों के सीज़र के रूप में भी काम करते थे। लेकिन कोई भी छात्र इतना प्रसिद्ध नहीं हुआ जितना न्यूटन। कैम्ब्रिज यूनिवर्सिटी से जाने के बाद तो न्यूटन को कोई छात्र याद भी नहीं होगा लेकिन कई छात्र बाद में ज़रूर याद करते होंगे कि हम सर न्यूटन के साथ पढ़े थे।

इस प्रकार कम पैसे होने के बावजूद न्यूटन की पढ़ाई में कभी कोई बाधा आई नहीं। अपनी मेहनत और लगन से न्यूटन ने असाध्य को भी साध्य करके दिखाया।

11
न्यूटन का अध्ययन

अरस्तु एक ग्रीक दार्शनिक थे और प्लेटो के शिष्य भी थे, प्लेटो के सिद्धांत उनकी अपनी विचारधारा पर आधारित थे। इसलिए अरस्तु के सिद्धांत भी प्लेटो की तरह सिर्फ विचारधारा पर ही आधारित थे।

अरस्तु के सिद्धांत 2000 साल तक चलने के पीछे एक ही कारण था कि अरस्तु सिकंदर के गुरु थे और सिकंदर ने जिन-जिन देशों में जीत हासिल की, वहाँ अरस्तु के सिद्धांतों को ही शिक्षा का आधार बनाया गया। छात्र बिना कोई सवाल किए अरस्तु के सिद्धांत 'सभी ग्रह गोल घुमते हुए पृथ्वी का चक्कर लगाते हैं' इसे ही मानते रहे। यह सिद्धांत उस समय की धार्मिक विचारधारा का भी समर्थन करता था। उस समय इस धार्मिक विचारधारा के खिलाफ जानेवाले को सख्त सज़ा दी जाती थी। जैसे- गैलीलियो को सज़ा दी गई।

कैम्ब्रिज में भी प्रोफेसर महान दार्शनिक अरस्तु के बनाए सैद्धांतिक नियमों के आधार पर ही विद्यार्थियों को पढ़ाते थे। न्यूटन ने यह महसूस किया कि यूनिवर्सिटी के अंदर पढ़ाया जानेवाला कोर्स इटली और फ्रांस की यूनिवर्सिटीज़ के मुकाबले बहुत पिछड़ा हुआ था। लेकिन न्यूटन के सिवाय किसी ने भी इसके लिए आवाज़ नहीं उठाई। न्यूटन ने 2 साल तो अरस्तु के बनाए नियमों और सिद्धांतों को पढ़ा और फिर इन्हें अपने

हिसाब से बदलते हुए नए सिद्धांत प्रतिपादित किए। लेकिन इसकी कीमत भी न्यूटन को कम नंबर से चुकानी पड़ी।

न्यूटन के गणित के टीचर बेंजामिन पुल्लिन ने न्यूटन को अकेला छोड़ दिया क्योंकि अरस्तु के खिलाफ न्यूटन का बोलना उसे पसंद नहीं था। पुल्लिन न्यूटन के सवाल पूछने पर खुश होने की बजाय नाराज़ हो जाता था। वह ट्यूशन भी लेता था, जिससे उसे अतिरिक्त आय प्राप्त होती थी इसलिए कॉलेज में वह छात्रों की पढ़ाई पर ध्यान नहीं देता था। पुल्लिन की ये आदत न्यूटन के काम आई क्योंकि उन्हें तो बचपन से खुद ही पढ़ने की आदत थी, न्यूटन अब खुद पढ़ने के लिए आज़ाद थे।

न्यूटन भरपूर पढ़ाई कर रहे थे लेकिन ऐसा कहा जाता है कि कॉलेज के पहले दो वर्षों में न्यूटन ऐसा कुछ खास नहीं कर पाए, जिस कारण कैम्ब्रिज में उनकी पहचान बन सके। कैम्ब्रिज की पढ़ाई अरस्तू की दार्शनिकता से प्रभावित थी लेकिन तीसरे वर्ष के विद्यार्थियों को अध्ययन में स्वतंत्रता थी। उस समय में छात्र सिर्फ अपने टीचर के साथ ही लाइब्रेरी जा सकते थे और बेंजामिन पुल्लिन तो न्यूटन को ठीक से पढ़ाते नहीं थे तो फिर लाइब्रेरी कैसे लेकर जाते। इसलिए न्यूटन ने पहले साल में अपने आपको काफी अकेला महसूस किया। दूसरे साल में न्यूटन को दर्शनशास्त्र के टीचर हेनरी मुरे मिले, जो न्यूटन के बाइबिल ज्ञान से बहुत प्रभावित थे।

हेनरी प्लेटोवादी दार्शनिक थे। उनका ईश्वर के प्रति सिद्धांत यह था कि **'जिस पर तुम विश्वास कर सकते हो, विश्वास करो क्योंकि तुम उसे समझ सकते हो।'** कॉलेज में हेनरी मुरे सभी छात्रों के प्रिय टीचर थे। न्यूटन ने उनकी दर्शनशास्त्र की किताब 'द इमोर्टेलिटी ऑफ द सोल' (The Immortality of the soul) पढ़ी थी। न्यूटन उनसे बहुत प्रभावित थे। हेनरी न्यूटन को अपने साथ लाइब्रेरी लेकर जाते थे। लाइब्रेरी में न्यूटन ने गैलीलियो की 'डायलॉग कन्सर्निंग द टू चीफ वर्ल्ड सिस्टम' (Dialogue concerning the two chief world systems) और 'डायलॉग कन्सर्निंग टू न्यू साइंस' (Dialogue concerning two new science) और रेने डेकार्ट की 'प्रिन्सिपिया फिलोस्फी' (Principia philosophy) पढ़ी।

न्यूटन ने रॉबर्ट बॉयल और फ्रांसिस बेकन को बहुत अच्छे से पढ़ा था। आधुनिक युग के इन विचारकों से न्यूटन बहुत प्रभावित थे। उन्हें फ्रांसिस बेकन का 'हर बात को समझने का आधार प्रयोग' यह सिद्धांत अच्छा लगा क्योंकि वे खुद भी यही करते थे। लाइब्रेरी में न्यूटन ने लगभग सभी किताबें पढ़ ली थी। उन्हें अपने पाठ्यक्रम की किताबों की बजाय लाइब्रेरी में रखी गई अलग-अलग विषयों की किताबें पढ़ना ज़्यादा अच्छा लगता था।

न्यूटन प्रयोग के आधार पर कैपलर और गैलीलियों जैसे नए वैज्ञानिकों के सिद्धांतों का अध्ययन करने के पक्ष में थे। क्योंकि इन वैज्ञानिकों ने भी प्रयोग के आधार पर ही अपने सिद्धांतों का प्रतिपादन किया था। न्यूटन ने अपनी नोटबुक में एक स्थान पर लिखा था कि '**प्लेटो मेरा मित्र है, अरस्तू मेरा मित्र है लेकिन मेरा सबसे अच्छा मित्र है, सत्य।**' इस प्रकार शुरू से ही न्यूटन स्वतंत्र विचारोंवाले थे और विज्ञान के सत्य को खोजने में तल्लीन रहते थे।

12
न्यूटन की ईश्वर के प्रति आस्था

बचपन से ही न्यूटन को बाइबल पढ़ने की आदत थी। बचपन में वे अपनी नानी के साथ चर्च जाते थे और किंग्स स्कूल में जॉन एंजेल नाम के उनके टीचर सभी छात्रों को बाइबिल का अध्ययन करवाते थे। जॉन एंजेल के कारण ही न्यूटन की धर्मशास्त्र में पूर्ण रुचि जाग्रत हुई, जो पूरी उम्र बनी रही।

जिस उम्र में किशोर मौज मस्ती करना पसंद करते थे, उस उम्र में उनके कॉलेज के टीचर बाइबिल के प्रति न्यूटन की श्रद्धा और ज्ञान को देखकर बहुत हैरान होते थे। समय के साथ-साथ न्यूटन की भावनाएँ बदली लेकिन उनकी ईश्वर के प्रति आस्था कभी कम नहीं हुई।

कैम्ब्रिज यूनिवर्सिटी में भी धर्मशास्त्र पढ़ाया जाता था। वहाँ पर हर टीचर को चर्च का पादरी होना अनिवार्य था। न्यूटन धर्मशास्त्र पढ़ते थे लेकिन उन्हें कई चीज़ों पर आपत्ति भी थी। लेकिन जब वे धर्म या पाठ्यक्रम के बाहर कुछ बोलते तो सब उन्हें अजीब नज़रों से देखते थे, जैसे उन्होंने कोई गुनाह किया हो।

उन्हें वैज्ञानिक खोज के लिए कैथोलिक चर्च का गैलीलियो को सज़ा देना भी सही नहीं लगा था। हालाँकि न्यूटन कैथोलिक ईसाई नहीं

थे, वे अन्जलियन ईसाई थे। न्यूटन चर्च तो जाते थे लेकिन धार्मिक मान्यताओं को नहीं मानते थे। वे अपने हर सवाल का जवाब बाइबिल में ढूँढ़ते थे लेकिन उन्हें एक अन्जलियन ईसाई कहलाना पसंद नहीं था। वे ईश्वर के एक रूप में विश्वास करते थे और यीशु को ईश्वर का अवतार मानते थे, ईश्वर नहीं। न्यूटन के अनुसार ईश्वर का कोई चेहरा या रूप नहीं है।

कई लोग तो न्यूटन को नास्तिक भी समझते थे लेकिन वे पूरी तरह एक धार्मिक इंसान थे। उन्होंने अपनी धार्मिक भावनाओं को इतनी अच्छी तरह छिपाया था कि उनके समकालीन न्यूटन की असली धार्मिक भावनाओं के बारे में कभी नहीं जान पाए।

न्यूटन जिज्ञासु थे। वे प्रकृति और ईश्वर को एक ही मानते थे। जीवन और मृत्यु की इस सतत प्रक्रिया को चलाने के लिए प्रकृति में अवश्य ही कोई शक्ति विद्यमान है। न्यूटन इस शक्ति को अग्नि मानते थे। न्यूटन ने इस अग्नि को 'शक्ति का प्रकाश' और प्रकाश को 'ईश्वर' माना। एक रसायनविद् के रूप में भी न्यूटन ने प्रकृति को मशीन की तरह न देखकर एक जीवन के रूप में देखा। वे कहते थे कि धातुओं का रूपांतरण एवं अन्य रासायनिक क्रियाएँ ईश्वरीय प्रेरणा से ही संभव हैं। ईश्वर ने जीवित वस्तुओं को स्वयं गतिमान रहने के लिए ऐसी शक्ति प्रदान की है, जो इंसान की समझ से परे है। इसी प्रकार की अनेक गतिविधियाँ ब्रह्माण्ड में मौजूद हैं, जिनके बारे में हम कुछ नहीं जानते।

न्यूटन ने आगे बाइबिल का गहराई से अध्ययन किया। उन्होंने प्राचीन और आधुनिक धर्मशास्त्रियों की रचनाओं को बार-बार पढ़ा। धर्म के इतिहास का अध्ययन करते हुए उन्होंने प्राचीन लैटिन, ग्रीक, हिब्रू और फ्रेंच भाषाओं में लिखी बाइबिल की तुलना भी की। फिर न्यूटन ने महसूस किया कि यीशू की मूल बातों से ईसाइयत बहुत दूर चली गई है। न्यूटन ने धर्म को पूरी तरह से प्रकृति के साथ जोड़ दिया। लेकिन

प्राकृतिक विज्ञान की सरलता और सच्चाई को ईश्वर वाद से जोड़ने के विचार का उस समय के पुरातन पंथियों ने ज़ोरदार विरोध किया। उस समय आस्तिकता के संबंध में काफी गतिरोध रहा लेकिन तब भी इंग्लैंड में काफी ऐसे लोग थे, जो न्यूटन के प्राकृतिक धर्म-विज्ञान के प्रशंसक बन गए।

न्यूटन ने धर्म के संबंध में लोगों के सामने एक नया विचार रखा कि 'ईश्वर ने एक अनुसंधान कर्ता के रूप में विश्व की रचना की है। इसलिए प्राकृतिक विज्ञान के सभी नियमों को ईश्वर की सत्ता के अनुसरण के रूप में देखा जाना चाहिए और विश्व के नियमों में ईश्वर के साक्षात दर्शन करने चाहिए।' न्यूटन ने ईश्वर को ब्रह्माण्ड का निर्माता सिद्ध किया और बताया कि 'विश्व की संपूर्ण रचना सर्वशक्तिमान ईश्वर ने ही की है।' इसलिए हर इंसान को एक मात्र ईश्वर में ही आस्था रखनी चाहिए। लेकिन उस समय कई वैज्ञानिकों ने न्यूटन के इस विचार का विरोध किया। धर्म और ईश्वर के बारे में न्यूटन ने काफी कुछ लिखा था लेकिन उनका कोई भी कार्य पुस्तक के रूप में प्रकाशित नहीं हो पाया। न्यूटन की मृत्यु के पश्चात उनके कागज़ों में बाइबिल से संबंधित लाखों शब्द पाए गए थे।

सर आइज़ैक न्यूटन

13

न्यूटन का गणित प्रेम

ट्रिनिटी कॉलेज में आने से पहले न्यूटन ने कभी गणित नहीं पढ़ा था लेकिन 1663 में उन्होंने गणित में रुचि लेना शुरू किया। उस समय कैम्ब्रिज में ल्यूकेशियन प्रोफेसर और विश्वविख्यात गणितज्ञ आइज़ैक बैरो नामक गणित के पहले टीचर थे। 1664 से कैम्ब्रिज में गणित को अलग विषय की तरह पढ़ाया जाने लगा था। न्यूटन के गणितीय ज्ञान की पहचान वास्तव में आइज़ैक बैरो ने ही की थी। उन्होंने विद्यार्थियों की प्रतिभा का आकलन करके गणित के कई विद्यार्थियों का एक संघ बनाया था। उस संघ में न्यूटन भी शामिल थे।

मौखिक (oral) परीक्षा के दौरान न्यूटन और आइज़ैक बैरो की पहली मुलाकात हुई। उस समय आइज़ैक बैरो द्वारा पाठ्यक्रम के कुछ सवाल पूछने पर न्यूटन से उन्हें कोई संतोषजनक जवाब नहीं मिला। लेकिन हमफेरी बबिंगटन के कहने पर उन्होंने न्यूटन को पास कर दिया। वास्तव में उस समय उन्हें न्यूटन एक औसत छात्र भी नहीं लगा। आइज़ैक बैरो ने पहले न्यूटन को ऑप्टिक्स के क्षेत्र में कार्य करने की सलाह दी।

कैम्ब्रिज में न्यूटन सिर्फ पाठ्यक्रम के हिसाब से पढ़ाई नहीं करते थे। वे अपने ज्ञान को बढ़ाना चाहते थे, न कि सिर्फ नंबरों को। सिर्फ एक ही तरह से पढ़ते रहने से न्यूटन को निरसता महसूस होती थी और वैसे

भी आइज़ैक बैरो जैसे टीचर न्यूटन को ज़रा देर से मिले थे।

कैम्ब्रिज महाविद्यालय से एक मील की दूरी पर स्टॉरब्रिज मेला हर साल आयोजित होता था। इस मेले में कोई भी किताब आसानी से मिल जाती थी। वहीं से न्यूटन ने ज्योतिषशास्त्र की एक पुस्तक खरीदी। लेकिन इस पुस्तक की गणित और ज्योतिष की गणना उनकी समझ में नहीं आई। फिर उन्होंने बैरो नामक लेखक की 'यूक्लिड के अवयव' यह पुस्तक पढ़ी। इसके बाद गणित की ओर न्यूटन का रुझान अधिक बढ़ गया। उन्होंने प्रसिद्ध गणितज्ञ बैलिस की किताबें भी पढ़ी। उनकी पुस्तक के आधार पर ही न्यूटन ने नोट्स बनाए और गणित की प्रमेयों को अपने हिसाब से हल करने लगे। अब न्यूटन की गणित में रुचि बढ़ती ही जा रही थी।

अगले वर्ष न्यूटन ने द्विपद प्रमेय (binomial theorem) पर काम शुरू किया। इस प्रमेय में दो प्रश्नों को एक ही उत्तर के साथ संतुलित किया जा सकता था। ऐसा कहा जाता है कि इस द्विपद प्रमेय की अवधारणा सर्वप्रथम न्यूटन ने ही दी थी। बाद में यह थ्योरी 'कैलकुलस थ्योरी' के नाम से विख्यात हुई। लेकिन गणित के क्षेत्र में 22 वर्ष की उम्र तक भी न्यूटन को कोई नहीं जानता था।

इस बीच हमफेरी बबिंगटन आइज़ैक बैरो से मिले और उन्हें न्यूटन की प्रतिभा के बारे में बताया और कहा कि 'आप गणित के सवाल हल करने में न्यूटन की मदद करें।' तब तक बी.ए की परीक्षा खत्म हो चुकी थी। बैरो ने न्यूटन से पूछा, 'अब तो परीक्षा खत्म हो चुकी है, अब तुम पढ़कर क्या करोगे?'

'लेकिन ज़िंदगी की परीक्षा अभी बाकी है', न्यूटन ने कहा।

न्यूटन का यह जवाब सुनकर बैरो समझ गए कि ये लड़का सभी छात्रों से ज़रा हटकर है और उन्होंने गणित में न्यूटन की मदद करने का वादा किया।

सन 1664 में न्यूटन को कॉलेज में स्कॉलर चुना गया। इसके बाद उनका 'सीज़र' का दर्जा समाप्त हुआ। 1665 में उन्हें बिना किसी योग्यता के बी.ए. की साधारण डिग्री प्राप्त हुई। इस डिग्री के आधार पर ही न्यूटन को नौकरी मिल सकती थी इसलिए डिग्री मिलना उनके लिए बहुत खुशी की बात थी।

न्यूटन अभी तक कैम्ब्रिज छात्र के रूप में प्रसिद्ध नहीं हुए थे और इससे पहले ही इंग्लैंड में प्लेग फैलने के कारण यूनिवर्सिटी को कुछ समय के लिए बंद कर दिया गया। इस बात से हताश होकर न्यूटन वापिस अपने घर वूल्स्थ्रोप आ गए।

खण्ड 3
न्यूटन के आविष्कार और उनकी खोज

सर आइज़ैक न्यूटन

14

न्यूटन का गुरुत्वाकर्षण का सिद्धांत
सेब की कहानी

इंसान के पास जब भी खाली समय होता है तो उसे यही लगता है कि अब क्या करे? इंसान को हर पल उत्तेजना चाहिए, उसे बोरडम बिलकुल पसंद नहीं आता। हालाँकि सच्चाई यह है कि आज तक जो भी आविष्कार हुए हैं वे खाली समय में ही हुए हैं। जितनी भी खोजें हुई हैं वे लेबोरेट्री में कम और बाथटब में ज़्यादा हुई हैं। लोग जब आराम से नहा रहे थे तब उन्हें युरेका इफेक्ट हुआ। अचानक उनमें ऐसा विचार आया, जिससे कुछ आविष्कार सामने आए। यह तब हुआ, जब उनके पास खाली समय था।

वूल्स्थ्रोप में अपनी माँ के घर आने के बाद न्यूटन के पास काफी खाली समय था, अब वे फिर से प्रकृति की गोद में थे। हालाँकि यह समय उनके लिए अच्छा नहीं था लेकिन इस समय का सही उपयोग करने के लिए वे पूरी तरह से स्वतंत्र थे। अब उन पर न पढ़ाई करने का बोझ था और न ही खेती करने का। यहाँ न्यूटन एकदम एकाकी और शांत थे लेकिन उनकी यह शांति अधिक समय तक कायम न रह सकी। गणित और प्रकृति के लिए उनके मन में अनगिनत विचार आते रहते थे। गाँव के शांत वातावरण में रहकर उन्होंने इस परिस्थिति का लाभ उठाने का विचार किया। कैम्ब्रिज में पढ़ाई के दौरान उनके मन में जो विचार उठते

थे, उन पर न्यूटन ने आगे प्रयोग करने की योजना बनाई।

विभिन्न क्षेत्रों में न्यूटन का योगदान अपार रहा लेकिन आमतौर पर हम न्यूटन को उस शख्स के रूप में जानते हैं, जिसने सेब जमीन पर गिरने का रहस्य खोज निकाला था। न्यूटन बाकी लोगों से भिन्न कैसे थे? वे पहले इंसान नहीं थे, जिन्होंने सेब (या किसी अन्य वस्तु) को ज़मीन पर गिरते देखा हो। लेकिन वे इतने संवेदनशील (सेंसिटिव) थे कि जब उन्होंने सेब को गिरते देखा तो इससे उनकी सोच में क्रांति आ गई। उनके मन में सवाल उठा- सेब नीचे क्यों गिरा, यह ऊपर क्यों नहीं उड़ा? उस ज़माने में लोगों के मन में कई सवाल थे, जिनका संतोषजनक जवाब नहीं दिया गया था : चंद्रमा पृथ्वी के चक्कर क्यों लगाता है? वह कौन सी चीज़ है, जो चंद्रमा को अंतरिक्ष में उड़कर दूर जाने से रोकती है? इन सब रहस्यों में छिपे सिद्धांत तब तक नहीं समझे गए थे।

सेब के गिरने और धरती के खिंचाव के बीच साधारण संबंध से भी ज़्यादा गूढ़ बातें हैं। न्यूटन से पहले भी कई विचारकों ने सेब को जमीन पर गिरते देखा और कुछ ने निष्कर्ष निकाला कि ज़मीन के भीतर कोई शक्ति है, जिसकी वजह से सेब नीचे गिरता है। लेकिन किसी ने यह नहीं सोचा कि फिर क्या कारण है कि चाँद ज़मीन पर नहीं गिरता। इस विषय पर न्यूटन का योगदान अनूठा है।

गाँव में न्यूटन दिन-रात प्रकृति के रहस्यों के बारे में सोचा करते थे। उन्हें यह महसूस होता था कि प्राकृतिक शक्तियाँ निश्चित ही किसी न किसी नियम से बँधी हुई है। लेकिन किसी को उन नियमों के बारे में पता नहीं है। न्यूटन उन्हीं नियमों की खोज करने के लिए प्रयासरत रहते थे।

एक दिन न्यूटन अपने बगीचे में सेब के पेड़ के नीचे ध्यान मुद्रा में बैठे कुछ सोच रहे थे। तभी अचानक एक सेब डाल से टूटकर नीचे ज़मीन पर आ गिरा। उन्होंने सेब को देखा और अचानक उनकी मेधावी शक्ति

जागृत हो गई। उस समय उन्होंने खुद से कुछ सवाल पूछे। जैसे –

❊ यह सेब पृथ्वी के केंद्र की ओर एकदम सीधा ही क्यों गिरा? लहराता हुआ या झूमता हुआ इधर-उधर क्यों नहीं गिरा?

❊ लोग कहते हैं कि ऐसा पृथ्वी की आकर्षण शक्ति के कारण होता है तो फिर यह आकर्षण शक्ति क्या है?

❊ जब पृथ्वी की शक्ति पेड़ पर लगे सेब पर काम कर सकती है तो आकाश के चंद्रमा पर काम क्यों नहीं करती?

❊ कहीं इसी शक्ति के कारण चंद्रमा ऊपर तो नहीं टिका हुआ है?

❊ कहीं यह शक्ति सार्वभौमिक तो नहीं है?

न्यूटन के इन्हीं संदेहों ने गुरुत्वाकर्षण के सिद्धांत को जन्म दिया। उनके मन में विचार आया कि पृथ्वी की यह आकर्षण शक्ति धरती की एक निश्चित दूरी तक सीमित नहीं है, यह उससे भी आगे तक विस्तृत हो सकती है। क्या यह आकर्षण शक्ति उतने ऊपर तक जा रही है, जितने ऊपर चाँद है और यदि ऐसा है तो यह शक्ति उसकी गति को भी प्रभावित करेगी। इसी विचार के बाद न्यूटन अपने सिद्धांत को गणितीय आधार देने में जुट गए। यदि एक पिंड दूसरे पिंड को आकर्षित करता है तो उसकी गणना में दूरी भी शामिल होगी। इस प्रकार न्यूटन ने गणितीय गणना प्रारंभ की।

न्यूटन का गुरुत्वाकर्षण सिद्धांत हमें बताता है कि ज्यों-ज्यों हम पृथ्वी से दूर होते जाते हैं, गुरुत्वाकर्षण घटता जाता है। अंतरिक्ष में भी गुरुत्वाकर्षण काम करता है। ब्रह्माण्ड के सभी पदार्थ बड़े से बड़े तारे, पिंड, यहाँ तक कि धूल के कण भी एक-दूसरे को अपनी ओर आकर्षित करते हैं। इसी अदृश्य खिंचाव को 'गुरुत्वाकर्षण' कहा जाता है। पृथ्वी पर गुरुत्वाकर्षण की शक्ति हर वस्तु को पृथ्वी के केंद्र की ओर अधिकाधिक जोर लगाकर खींचती है। पृथ्वी का केंद्र नीचे है इसलिए सेब का पृथ्वी

के केंद्र में गिरने का यही कारण है। पृथ्वी का आकर्षण बल सेब को अपनी ओर खींच रहा था। इस कारण सेब इधर-उधर न गिरकर धरती के समकोण में गिरा। समकोण की दूरी सब भुजाओं/दिशाओं की दूरी से कम होती है। कोई भी बल सामान्यतः सीधी रेखा में चलता है। अतः सेब पृथ्वी के बल के कारण सीधे धरती के केंद्र में गिरा।

आगे न्यूटन ने ऐसा भी कहा कि 'प्रत्येक वस्तु दूसरी वस्तु को अपनी ओर आकर्षित करती है।' यह आकर्षण पिंडों की पदार्थ राशि और उनकी सापेक्ष दूरी के अनुपात में होता है। अर्थात जो पिंड जितना भारी होगा, वह हलके पिंड को अपनी ओर आकर्षित करेगा, खींचेगा। दूरी बढ़ने के साथ-साथ गुरुत्वाकर्षण घटता जाता है लेकिन समाप्त नहीं होता।

न्यूटन का कहना था कि जब संपूर्ण ब्रह्माण्ड को ईश्वर ने बनाया है और वही पूरे ब्रह्माण्ड का शासक है तो उसकी प्रकृति के नियम भी संपूर्ण ब्रह्माण्ड में लागू होंगे। इसीलिए न्यूटन ने गुरुत्वाकर्षण को संपूर्ण ब्रह्माण्ड का नियम माना और उसे सार्वभौमिक सिद्धांत कहा।

न्यूटन से पहले मौजूद सिद्धांतों को बहुत कम लोगों ने चुनौतियाँ दी थीं। लेकिन न्यूटन न्यू टर्न लाए। उनकी संवेदनशीलता और प्रश्न पूछने की योग्यता की बदौलत वैज्ञानिक ज्ञान का कायाकल्प (rejuvenation) हो गया। शुरुआत में तो उस वक्त के वैज्ञानिक समुदाय ने न्यूटन के गुरुत्वाकर्षण सिद्धांत का बहुत विरोध किया। नए का तो अकसर विरोध होता है। इसके बावजूद न्यूटन निरंतरता से अपना कार्य करते रहें। न्यूटन के अनुसार 'कोई भी बड़ी खोज एक साहसिक कल्पना के बिना नहीं की जा सकती।' अपनी इसी सोच के दम पर उन्होंने विश्व को ऐसे वैज्ञानिक सिद्धांत दिए, जिसके बिना हम विज्ञान के बारे में सोच भी नहीं सकते। आज हम सभी जानते हैं कि न्यूटन के सिद्धांत ने मानवता की प्रगति में किस तरह योगदान दिया है।

15
गति के नियम

गुरुत्वाकर्षण के सिद्धांत की खोज करने के बाद न्यूटन ने गति के तीन नियमों की रचना की थी। भौतिकी का हर विद्यार्थी आज न्यूटन के इन गति के नियमों को जानता है। ये तीनों नियम अपने मूल रूप में बने हुए हैं। ब्रह्माण्ड का अध्ययन करनेवालों के लिए गति के ये नियम मील का पत्थर साबित हुए। इस अध्याय में इन तीनों नियमों को विस्तार से जानते हैं –

1. पहला नियम -

प्रत्येक वस्तु अपनी वर्तमान स्थिति में तब तक रहती है, जब तक उस पर कोई बाहरी बल न लगाया जाए। अर्थात यदि कोई वस्तु गतिशील अवस्था में है तो वह अपनी दिशा में गतिशील ही रहेगी या स्थिर अवस्था में है तो वह स्थिर रहेगी, जब तक कि उस पर कोई बाहरी बल न डाला जाए। इसे 'जड़त्व का नियम' कहा गया है।

2. दूसरा नियम -

किसी वस्तु की गति में परिवर्तन उस पर लगनेवाले बल का समानुपाती होता है तथा लगाए गए बल की दिशा में ही होता है।

3. तीसरा नियम -

प्रत्येक क्रिया की उसके बराबर विपरीत दिशा में प्रतिक्रिया होती है।

कुछ उदाहरणों के ज़रिए उपरोक्त तीन नियमों को हम विस्तार से समझते हैं।

जैसे यदि मैदान में कोई पत्थर का टुकड़ा पड़ा है तो वह तब तक अपने स्थान पर पड़ा रहेगा, जब तक उस पर बाहरी बल लगाकर उसे हटाया या उठाया न जाए। इसी प्रकार यदि पेड़ का कोई पत्ता जमीन पर पड़ा है तो वह पड़ा ही रहेगा, जब तक कि वायुरूपी बल उसे प्रवाहित न कर दे। तेज़ हवा के बल से पत्ता उड़ जाएगा।

कोई भी वस्तु अपना जड़त्व का गुणधर्म तभी खोती है, जब उस पर लगाया गया बाहरी बल जड़त्व बल से अधिक हो। अर्थात जड़त्व को समाप्त करने के लिए जड़त्व बल से अधिक बल का प्रयोग करना होगा।

जैसे यदि हमें कोई रॉकेट या यान अंतरिक्ष में भेजना होता तो वह यान पहले पृथ्वी पर ही खड़ा रहता है, यह उसके जड़त्व का गुण है। लेकिन उसे पृथ्वी के बंधन से मुक्त करने के लिए गुरुत्व बल से अधिक बल लगाकर गति देनी होती है। अधिक बल लगते ही रॉकेट पृथ्वी को छोड़कर ऊपर उठने लगता है। लेकिन ध्यान रहे कि लगाया गया बल इतना अवश्य होना चाहिए कि वह वस्तु को पृथ्वी की परिधी के बाहर यानी जहाँ तक पृथ्वी की गुरुत्व शक्ति काम कर रही है, उसके बाहर भेज दे। अन्यथा लगाया गया बल कमज़ोर होते ही फिर से पृथ्वी का गुरुत्व बल प्रभावी हो जाएगा और वह वस्तु पुनः पृथ्वी पर आ गिरेगी।

इसी प्रकार जब हम बंदूक चलाते हैं तो देखते हैं कि जैसे ही बंदूक की गोली बाहर निकलती है वैसे ही बंदूक पीछे की ओर धक्का मारती है। यह क्रिया की प्रतिक्रिया हुई। यहाँ पर यह भी देखना होगा कि क्रिया की प्रतिक्रिया दोनों वस्तुओं के भार के अनुपात में होती है। जैसे बंदूक

से गोली चलने पर उसकी प्रतिक्रिया एक जवान और मज़बूत व्यक्ति पर कम होगी, जबकि वही प्रतिक्रिया एक बच्चे व कमज़ोर व्यक्ति पर अधिक होगी।

यांत्रिक भौतिकी की शुरुआत न्यूटन के गति के नियमों से ही होती है। साइकिल से लेकर रॉकेट तक के निर्माण में कहीं न कहीं ये नियम जुड़े रहते हैं। इसलिए न्यूटन के गति के नियम आज भी प्रासंगिक हैं और उनके गुरुत्वाकर्षण के नियम से जुड़े हुए हैं।

सर आइज़ैक न्यूटन

सर आइज़ैक न्यूटन रंगों के सिद्धांत पर कार्य करते हुए

16
रंगों की दुनिया

कहा जाता है कि गुरुत्वाकर्षण के सिद्धांत की खोज न्यूटन द्वारा एक अचानक घटी घटना के कारण हुई थी। लेकिन न्यूटन सबसे ज़्यादा सूर्य के प्रकाश और उस प्रकाश में समाए रंगों के संबंध में जानने के लिए उत्सुक थे। एक दिन उन्होंने खुद को अपने घर में ही अंधेरे कमरे में बंद कर लिया। फिर उन्होंने उस कमरे की खिड़की के दरवाज़े में एक छोटा सा छेद बनाया। उस छेद से सूरज की एक किरण कमरे में आई। न्यूटन ने उस छेद के आगे एक प्रिज्म लगा दिया, जो तीन साइडवाले शीशे का एक टुकड़ा था।

जैसे ही सूरज की किरण उस प्रिज्म पर पड़ी, सामनेवाली दीवार पर सात रंगों की एक पट्टी सी उभर आई। उसे देखकर न्यूटन हैरान रह गए। फिर उन्होंने उस प्रिज्म को उस जगह से हटाया तो देखा कि अब सूरज की किरणों से आती सफेद रोशनी दीवार पर उसी जगह पर पड़ रही है। उन्होंने यह प्रयोग तब तक करके देखा, जब तक उन्हें विश्वास नहीं हो गया कि सफेद रोशनी प्रिज्म के ज़रिए पार होकर सात खूबसूरत रंगों में बिखर जाती है। वे सात रंग थे – जामुनी, बैंगनी, नीला, हरा, पीला, नारंगी और लाल। अंग्रेजी में इन रंगों का नाम आता है – Violet, Indigo, Blue, Green, Yellow, Orange, Red. हर रंग के नाम का

पहला अक्षर लेंगे तो इस सात रंग की पट्टी को विबग्योर (Vibgyor) कहते हैं। ये सात रंगों की पट्टी यानी वही खूबसूरत इंद्रधनुष है जो हम आकाश में कई बार देखते हैं। लेकिन इंद्रधनुष देखने के लिए हमें उस खास समय का इंतज़ार करना पड़ता है, जब धूप और बारिश एक साथ हो।

न्यूटन केवल एक ही प्रमाण से संतुष्ट नहीं हुए। इस रोशनी और रंगों के सिद्धांत की पुष्टि के लिए उन्हें एक और विचार आया। फिर उन्होंने एक साथ दो प्रिज्म का प्रयोग किया। दूसरी प्रिज्म को उन्होंने उसकी ऊपरी सतह नीचे की ओर करके, पहलेवाली प्रिज्म के सामने रख दिया। सूरज की किरणें एक के बाद एक दूसरी प्रिज्म से होकर निकलीं। अब वहाँ दीवार पर किसी भी रंग की पट्टी नहीं थी, केवल सफेद रोशनी थी। न्यूटन ने बिलकुल ऐसा ही सोचा था। उनका निष्कर्ष सही था कि सूरज की रोशनी विभिन्न रंगों की किरणों से बनती है। जब रोशनी पहली प्रिज्म से गुज़री तो वह अपने सात रंगों में टूटकर बिखर गई और जब दूसरी प्रिज्म से गुज़री तो फिर से जुड़कर सफेद रोशनी बन गई, जो हम रोज़ देखते हैं।

न्यूटन ने महसूस किया कि इस प्रकार के सारे रंग वास्तव में सफेद प्रकाश से ही उत्पन्न हो सकते हैं। सूरज का सफेद प्रकाश वास्तव में कई रंगों का मिश्रण है। अपने संकोची स्वभाव के कारण न्यूटन ने अपनी इस खोज को छिपाए रखा। न्यूटन ही वह वैज्ञानिक थे, जिन्होंने पहली बार रंगों के नामकरण का साहस किया। इससे पहले किसी भी विद्वान ने रुचि नहीं ली थी।

अधिकतर भाषाओं में रंगों को दो ही तरह का माना गया है। पहला सफेद और दूसरा काला। महान वैज्ञानिक अरस्तू ने अपने समय में नीले और पीले रंग की गिनती शुरुआत में की थी। रंगों का गुणगान तो विभिन्न वेदों, पुराणों व अन्य ग्रंथों में भी किया है। रंग हमारे जीवन को हर समय और हर कोण से प्रभावित करते हैं। हमारी दैनिक जीवन की क्रियाएँ भी

रंगों से पूरी तरह से प्रभावित होती हैं।

वूल्स्थ्रोप में रहते हुए न्यूटन ने गणित पर भी काफी काम किया। उन्होंने गाँव में रहते समय ही कैलकुलस थ्योरी पर अधिक काम किया था। ऐसा कहा जाता है कि न्यूटन ने गति तथा वेग के घटने-बढ़ने के संबंधों को समझने के लिए कैलकुलस गणित का निर्माण किया था। न्यूटन गणित को अपने शोध कार्यों के लिए एक औज़ार के रूप में देखते थे। उनका यह मानना था कि एक महान वैज्ञानिक को अपने औज़ारों का निर्माण खुद ही करना पड़ता है। इसीलिए उन्होंने कैलकुलस का आविष्कार किया।

ऐसा कहा जाता है कि न्यूटन अपनी इतनी महत्वपूर्ण खोजें इसलिए कर पाए क्योंकि उन्हें प्लेग के कारण विश्वविद्यालय छोड़कर अपने गाँव वूल्स्थ्रोप आना पड़ा। करीब 18 माह तक न्यूटन अपने गाँव में रहे। वहाँ पर मिले खाली समय का न्यूटन ने खूब उपयोग किया। यदि वे गाँव न जाते तो शायद बी.ए. की डिग्री मिलने के बाद कहीं नौकरी कर रहे होते।

न्यूटन ने इस खाली समय को कभी भी व्यर्थ नहीं जाने दिया। इसी खाली समय में खोज होती है और भीतर के सारे खज़ाने खुलने लगते हैं। लेकिन आविष्कार करनेवाले इंसान का खाली समय और एक साधारण इंसान के खाली समय में बहुत बड़ा फर्क होता है क्योंकि एक उलझन निर्माण करता है और एक आविष्कार निर्माण करता है। दोनों में इतना बड़ा फर्क क्यों हुआ? क्योंकि एक के पास खाली समय के साथ ज्ञान होता है और दूसरे के पास खाली समय के साथ अज्ञान होता है। इस बात को विस्तार से समझें।

खाली समय + अज्ञान = अभिशाप, पतन

पहले ही इंसान लक्ष्यहीन, अज्ञानी हो और यदि उसे खाली समय मिल जाए तो उसका दिमाग शैतान बनता है। उसे यही लगता है कि अब मैं क्या तिकड़म करूँ, जिससे मुझे उत्तेजना मिले। वह बेकार में इसके–

उसके बारे में सोचता है कि इसे कैसे परेशान करूँ... उसे कैसे परेशान करूँ... इसका ध्यान कैसे मेरी तरफ जाए... उसका ध्यान मैं कैसे अपनी ओर खींच सकता हूँ... इत्यादि। इस तरह वह गलतियों पर गलतियाँ करते जाता है।

खाली समय + ज्ञान = आविष्कार, तेज विकास

खाली समय के साथ यदि ज्ञान जुड़ जाए तो वह वरदान बनता है, जिससे तेज विकास होता है। यही सीधा और शक्तिशाली जीवन है। न्यूटन ने इसी समय का आविष्कार करने के लिए भरपूर उपयोग किया।

आपको भी न्यूटन बनकर यानी नई सोच को अपनाकर अपने जीवन में यू टर्न लाना है। इसके लिए जब भी आपको खाली समय मिले तब अपने आपसे कहें, 'यह समय आविष्कार का है, यह समय विकास का है। बाकी समय में तो रोज़ के काम करने होते हैं, वे हम करते हैं तो फिर विकास कब होगा, तेज विकास कब होगा? इसलिए यह खाली समय मेरे लिए बहुत महत्वपूर्ण है।' यदि आप रोज़मर्रा के काम सुबह ९ से शाम ६ तक करते हैं तो शाम ६ से रात ९ तक के समय में आप तेज विकास कर सकते हैं।

इसी के साथ यह विश्वास रखें कि 'अगर कोई काम विश्व का एक इंसान कर सकता है तो वह काम आप भी कर सकते हैं। जैसे हज़ारों, लाखों लोग यदि कोई काम करने में समर्थ हैं तो आप भी वह काम कर सकते हैं।'

न्यूटन के लिए कैम्ब्रिज यूनीवर्सिटी का बंद होना और गाँव वापस आना, यह एक निराशाजनक बात थी। लेकिन इस निराशा के समय को उन्होंने वरदान बनाया। इस समय में न्यूटन ने जिन आविष्कारों के बीज बोए थे, सदियों से उनका लाभ लिया जा रहा है। विश्व में ऐसे कुछ ही लोग होते हैं जो नकारात्मक लगनेवाली घटना को भी सकारात्मक नज़रिए से देखते हैं और उसका लाभ उठा पाते हैं। न्यूटन उन्हीं लोगों में से एक थे, जो हमेशा नई सोच रखते थे।

17
न्यूटोनियन टेलीस्कोप

सदियों से ब्रह्माण्ड मानव को आकर्षित करता रहा है। इसी आकर्षण ने खगोल वैज्ञानिकों को ब्रह्माण्ड के निरीक्षण और खोज के लिए प्रेरित किया। रात के समय यदि हम आसमान में दिखाई देनेवाले तारों का निरीक्षण करते हैं तो हमें दूरबीन के बिना भी कुछ बातें स्पष्ट होने लगती हैं। मगर हम तारों के सूक्ष्म रहस्यों तथा ब्रह्माण्ड के विभिन्न पिण्डों के आकार, गति, स्थिति, आकृति इत्यादि के बारे में बिना दूरबीन की सहायता के नहीं जान सकते। दूरबीन द्वारा प्राप्त जानकारी का स्पष्टीकरण करने के लिए हमें गणित और विज्ञान का सहारा लेना पड़ता है।

दूरबीन के आविष्कार का श्रेय सबसे पहले हॉलैंड के हैंस लिपर्शे नामक एक चश्मे के व्यापारी को दिया जाता है। लिपर्शे ने दूरबीन का आविष्कार किसी विशेष वैज्ञानिक उद्देश्य या प्रयास से नहीं किया था बल्कि यह एक आकस्मिक घटना का परिणाम था। वास्तव में लिपर्शे ने कभी भी अपनी दूरबीन का उपयोग ब्रह्माण्ड के निरीक्षण या खोज के लिए नहीं किया बल्कि अपने ग्राहकों को चमत्कार दिखाने के लिए किया। लेकिन उसकी दूरबीन को सैनिकों और नाविकों ने अपने लिए उपयोगी माना इसलिए दूरबीन का प्रथम उपयोग सैनिकों, जासूसों और नाविकों ने किया। हालाँकि लिपर्शे की दूरबीन अत्यंत साधारण थी लेकिन उसे ही

विश्व की प्रथम दूरबीन कहा जा सकता है।

लिपर्शे द्वारा दूरबीन के आविष्कार के पश्चात इटली के महान वैज्ञानिक गैलीलियो गैलिली ने स्वयं इस यंत्र का पुनर्निर्माण किया। इस तरह पहली बार ब्रह्माण्ड के निरीक्षण में दूरबीन का उपयोग किया गया। जब गैलीलियो ने पहली बार अपनी दूरबीन से आकाश को देखा तो उन्होंने इतनी बड़ी दुनिया देखी, जिसकी कल्पना भी नहीं की जा सकती थी। अपनी दूरबीन की सहायता से गैलीलियो ने चंद्रमा पर उपस्थित क्रेटर, बृहस्पति ग्रह के चार उपग्रहों सहित सूर्य के साथ परिक्रमा करनेवाले सौर धब्बों का पता लगाया। जब गैलीलियो ने इटली के वेनिस में अपनी दूरबीन का प्रदर्शन किया था तभी उस समय के प्रिंस फेड्रिख सेसी ने ग्रीक शब्द टेली (दूर) + स्कोप (दर्शी) = 'टेलीस्कोप' (दूरदर्शी) की रचना की।

गैलीलियो के बाद आइज़ैक न्यूटन ने दूरबीन के आविष्कार पर कार्य किया। उस समय न्यूटन ने एक नई अवधारणा को जन्म दिया था कि जब किसी वस्तु के स्वाभाविक रंग पर रंगीन प्रकाश डाला जाता है तो एक पारस्पारिक क्रिया के कारण उस वस्तु के रंग में परिवर्तन होता है। विभिन्न रंगों के संयोजन से नया रंग प्राप्त होता है, इस सिद्धांत को हम 'न्यूटन का रंग संयोजन सिद्धांत' के नाम से जानते हैं। अपने इस कार्य को प्रायोगिक रूप से सिद्ध करने के लिए न्यूटन ने एक विशेष प्रकार के परावर्तक दूरबीन का निर्माण किया, जिसे अब 'न्यूटोनियन टेलीस्कोप' के नाम से जाना जाता है।

प्रकाश और रंगों के गहन प्रयोगों के लिए न्यूटन को एक टेलीस्कोप की आवश्यकता थी। टेलीस्कोप यानी दूरबीन वह प्रकाशीय उपकरण है, जिसका प्रयोग दूर स्थित वस्तुओं को देखने के लिए किया जाता है। उस समय गैलीलियो द्वारा निर्मित टेलीस्कोप में लगे लेंस स्पष्ट नहीं थे। उस टेलीस्कोप से दिखाई देनेवाली आकृतियाँ धुँधली दिखाई देती थी क्योंकि गोलीय लेंस द्वारा प्रकाश की किरणें एक बिंदु पर केंद्रित नहीं हो पाती

थी। यदि लेंस का आकार बढ़ाया जाता तो अनावश्यक रंग और चक्र दिखाई देने लगते थे। टेलीस्कोप की यह समस्या न्यूटन को अच्छी तरह से समझ में आई थी। उन्होंने निष्कर्ष निकाला कि यह समस्या क्राफ्ट की नहीं है बल्कि यह सफेद प्रकाश के स्वभाव की समस्या है। उन्हें पता था कि सफेद प्रकाश शुद्ध न होकर रंगों का मिश्रण होता है, जो विभिन्न प्रकार से अपरावर्तित होता रहता है। न्यूटन को समझ में आ गया कि लेंस अपने किनारों पर प्रिज्म के समान कार्य करते हैं। अपना नया टेलीस्कोप बनाते समय न्यूटन ने इन सभी बातों को ध्यान में रखा।

न्यूटन ने एक नए तरह का टेलीस्कोप बनाया, जिसमें पारंपारिक लेंसों की जगह परावर्ती शीशे का प्रयोग किया गया था। कई बार कोशिश करने के बाद न्यूटन ने अपना मनचाहा टेलीस्कोप बनाया। इस नए उपकरण के भीतर उन्होंने एक शीशा लगाया जिससे खगोलीय या आकाशीय पिण्डों, जैसे कि सितारे या ग्रह की तस्वीर प्रतिबिम्बित हो सके। इस टेलीस्कोप की नली की लंबाई मात्र 10 इंच और कोई भी चीज़ इस टेलीस्कोप के ज़रिए देखने पर 40 गुना बड़ी दिखाई देती थी। इसके ज़रिए न्यूटन ब्रहस्पति के उपग्रह भी देख सकते थे। आपको पता होगा कि ब्रहस्पति ग्रह के एक से अधिक उपग्रह हैं जो उसके चारों ओर चक्कर लगाते रहते हैं। जबकि पृथ्वी का केवल एक ही उपग्रह है - चाँद।

न्यूटन द्वारा निर्मित टेलीस्कोप उस समय का सर्वोत्तम टेलीस्कोप था। इसकी सहायता से न्यूटन 2 वर्ष तक लगातार प्रकाश तथा रंगों के संबंध में अपना शोध कार्य करते रहे। वर्ष 1671 में रॉयल सोसायटी ने न्यूटन से अपने टेलीस्कोप को सार्वजनिक रूप से प्रदर्शित करने के लिए कहा। न्यूटन ने अपने टेलीस्कोप के माध्यम से प्रकाश संयोजन से होनेवाले रंग परावर्तन को प्रदर्शित किया। इस प्रदर्शन को देखकर रॉयल सोसायटी के सदस्य बहुत संतुष्ट हो गए। उस समय सभी ने यह मान लिया कि न्यूटन का यह टेलीस्कोप अब तक के सभी टेलीस्कोपों से कई गुना बेहतर है। इस टेलीस्कोप को 'न्यूटोनियन दूरबीन' कहा गया। बाद

के वर्ष में न्यूटन ने अपना टेलीस्कोप रॉयल सोसायटी को दान कर दिया।

न्यूटन निर्मित यह दूरबीन आज भी ट्रिनीटी कॉलेज में सुरक्षित रखी गई है। इसके नीचे लिखा है - 'न्यूटोनियन टेलीस्कोप - सर आइज़ैक न्यूटन द्वारा खोजी गई और उनके हाथों बनाई गई दूरबीन।' दूरबीन के आविष्कार ने मनुष्य की सीमित दृष्टि को अधिक विस्तृत बना दिया है।

सर आइज़ैक न्यूटन अपने टेलीस्कोप के साथ

18
न्यूटन का विपरीत प्रतिसाद

न्यूटन बहुत ही भावुक स्वभाव के और हमेशा शांत रहनेवाले इंसान थे। कभी भी किसी ने न्यूटन को बहुत क्रोधित होते हुए नहीं देखा। न्यूटन घंटों तक अपने अध्ययन कक्ष में बैठकर विभिन्न सिद्धांतों पर लगातार काम करते रहते थे। वे कहते थे कि 'कठिनाइयों से गुज़रे बिना कोई अपने लक्ष्य को नहीं पा सकता। जिस उद्देश्य का मार्ग कठिनाइयों के बीच नहीं जाता, उसकी उच्चता में संदेह करना चाहिए।' न्यूटन ने कभी शादी नहीं की थी इसलिए उनके घर में उनके अलावा और कोई नहीं था। लेकिन उनके पास एक डायमंड नाम का कुत्ता था।

एक दिन ऐसा हुआ कि न्यूटन चर्च जाने की तैयारी कर रहे थे। उनकी मेज़ पर उनका पेन, दवात और उनके शोध-सिद्धांत संबंधी कई महत्वपूर्ण कागज़ात भी रखे थे। उसी मेज़ पर एक मोमबत्ती भी जल रही थी और न्यूटन चर्च जाने से पहले उस मोमबत्ती को बुझाना भूल गए।

डायमंड उसी मेज़ के समीप बैठकर अपने मालिक का इंतज़ार कर रहा था। तभी एकदम अचानक एक चूहे को देखकर वह मेज़ पर कूदा। इससे जलती हुई मोमबत्ती कागज़ों पर गिर पड़ी। इसका नतीजा भयंकर हुआ। देखते ही देखते सारे कीमती कागज़ात राख में बदल गए। न्यूटन की महीनों की मेहनत एक पल में ही बरबाद हो गई। न्यूटन जब चर्च से

वापस आए तो आग का इतना भयानक दृश्य देखकर भी शांत रहे। न्यूटन ने देखा कि डायमंड आग को देखकर घबराकर एक कोने में बैठा था। उन्होंने उसे प्यार से अपनी गोद में उठाया और कहा, 'डायमंड तुम ठीक तो हो ना?' बेजुबान जानवर न्यूटन का प्यार देखकर उनके पैर चाटते हुए उन्हें प्यार करने लगा।

उस समय न्यूटन के साथ उनका दोस्त जॉन विकिन्स भी था। ऐसी घटना में न्यूटन का शांत प्रतिसाद देखकर जॉन बहुत हैरान था। उसने इस बारे में न्यूटन से पूछा। न्यूटन ने जवाब देते हुए कहा कि 'ये जो भी हुआ उसमें गलती तो मेरी ही थी। मैं ही जलती मोमबत्ती को बुझाना भूल गया और डायमंड का स्वभाव है उछल-कूद करना। यदि मेज़ पर मोमबत्ती न होती तो भी डायमंड उछल-कूद करता।'

न्यूटन कहते हैं कि **'इंसान को हमेशा समता में रहना चाहिए। अर्थात खुशी में ज़्यादा खुश न होना और दुःख में अपना धैर्य न खोना। यही महानता की पहचान है।'**

हालाँकि न्यूटन के जीवन की उपरोक्त घटना के बारे में कई बायोग्राफर्स का अलग-अलग मानना है। कुछ बायोग्राफर मानते हैं कि न्यूटन के पास कुत्ता नहीं था। कुछ लेखक मानते हैं कि ये आग अलकेमी के प्रयोग करते समय किसी रसायन की अधिकता की वजह से लगी थी। इस प्रकार हर किसी का अलग-अलग मानना है लेकिन हमें इस बात पर ध्यान देना है कि ऐसी घटना में न्यूटन का प्रतिसाद कैसा था। हमें भी अपने जीवन में ऐसी नकारात्मक लगनेवाली घटना में विपरीत प्रतिसाद देना है। यानी दुःख में दुःखी न होकर, धीरज और स्वीकार भाव के साथ दुःख पर मात करनी है।

जीवन में होनेवाली हर घटना चाहे वह नकारात्मक हो या सकारात्मक, हमें अपने जीवन का महत्वपूर्ण सबक सिखाने के लिए आती है। वह सबक सीखने के लिए ही हमें हर घटना में उचित प्रतिसाद

देना होता है। जैसे आग लगने की घटना में न्यूटन चाहे तो हताश, निराश या दुःखी हो सकते थे, अपने नसीब को दोष दे सकते थे लेकिन उन्होंने ऐसा नहीं किया। उन्होंने फिर से नए उत्साह के साथ अपना कार्य शुरू किया और आग में जले हुए अपने नए आविष्कारों से संबंधित सिद्धांत और फॉर्मूले वापस लिखे। उनके इसी गुण के लिए न्यूटन को जीनियस कहा जाता है।

सर आइज़ैक न्यूटन

खण्ड 4
न्यूटन की नई ज़िम्मेदारियाँ

19

न्यूटन ल्यूकेशियन प्रोफेसर बने

प्लेग की समाप्ति पर कैम्ब्रिज यूनिवर्सिटी फिर से खुल गई। अप्रैल 1667 में न्यूटन वापस कैम्ब्रिज आ गए। यहाँ आते ही उन्होंने ट्रिनिटी कॉलेज में ही फेलोशिप के लिए अपना आवेदन पत्र प्रस्तुत किया और अक्तूबर 1667 में उन्हें ट्रिनिटी कॉलेज का जूनियर फेलो (छात्रवृत्ति सदस्य) चुन लिया गया। अब न्यूटन को अच्छा आवास, अकादमिक कम्युनिटी की सदस्यता, पुस्तकालय के प्रयोग की पूरी स्वतंत्रता और अच्छा वेतन भी मिलने लगा।

फेलोशिप मिलने के बाद न्यूटन पूरी तरह से अपने प्रयोग में जुट गए। गाँव में रहने के दौरान उन्होंने गणित पर जो प्रयोग किए थे, उन पर उन्होंने आगे कार्य शुरू किया। इसमें उन्हें ल्यूकेशियन प्रोफेसर आइज़ैक बैरो का सहयोग और भरपूर मार्गदर्शन मिलने लगा। उन्होंने गणित में नए-नए समीकरणों और सिद्धांतों पर कार्य शुरू किया। इस दौरान न्यूटन अपनी एम.ए. की पढ़ाई भी कर रहे थे। 1668 में मास्टर डिग्री मिलने के बाद उन्हें जूनियर फेलो से सिनीयर फेलो बना दिया गया। इसके बाद उन्हें टेबल पर खाना खाने की अनुमति भी मिल गई।

न्यूटन का असाधारण कार्य

आइज़ैक बैरो, न्यूटन को गणित से संबंधित कई समस्याएँ हल करने के लिए देते थे और न्यूटन झट से उन समस्याओं को हल कर देते थे। अगर वे कहीं अटकते थे तो बैरो उनकी मदद करते थे। अपने कार्य के साथ-साथ न्यूटन आइज़ैक बैरो के शोध पत्रों को पढ़कर उनमें आवश्यक सुधार भी करते थे और फिर उन्हें प्रकाशित करते थे।

जब आइज़ैक बैरो ने अपने प्रकाशित शोध पत्रों के पेपर देखे तो वे हैरान रह गए क्योंकि उन्होंने कभी न्यूटन को गणित के वे फॉर्मूले नहीं बताए थे, जिनका इस्तेमाल न्यूटन ने उनके शोध पत्रों में किया था। दरअसल बैरो न्यूटन का इम्तेहान ले रहे थे। उस समय उन्होंने महसूस किया कि न्यूटन सुपर जीनियस है।

आइज़ैक बैरो के पूछने पर न्यूटन ने उन्हें अपने गणित के फॉर्मूलों के बारे में बताया। अपने गणित संबंधी कार्यों में न्यूटन ने घन समीकरण (Cubic equations क्यूबिक इक्वेशंस) और त्रिआयामी गोलों की सूची तैयार की, जो द्विआयामी अंडाकृतियों तथा अति परवलय (Hyperbola हाइपरबोला) से भी कठिन थे। उन्होंने विभिन्न वक्रों का वर्गीकरण भी किया। लघु गुणक द्वारा हरात्मक श्रेणी (Harmonic series) के आंशिक योग का सन्निकटन* किया। न्यूटन वे पहले व्यक्ति थे, जिन्होंने आत्मविश्वास के साथ घात श्रृंखला का प्रयोग किया और उसका विरोध भी किया। आइज़ैक बैरो न्यूटन के गणित संबंधी इस कार्य से बहुत प्रभावित हुए। उन्होंने तुरंत न्यूटन को अपने इस नए शोध को प्रकाशित करवाने के लिए कहा। लेकिन न्यूटन ने यह कहते हुए मना कर दिया कि 'ये अभी अधूरे हैं और अधूरे काम करना मुझे पसंद नहीं है।' ये कैलकुलस से संबंधित फॉर्मूले थे और उन्हें प्रकाशित न करवाना न्यूटन

---

*किसी भी चीज़ के परिमाण को ठीक-ठीक मान के निकट के किसी मान के रूप में अभिव्यक्त करने को सन्निकटन कहते हैं।

की एक बड़ी भूल थी, जिसका खामियाजा उन्हें भविष्य में भुगतना पड़ा।

उन्हीं दिनों लंदन में रॉयल सोसायटी के सदस्य मि. निकोलस मारकेटर ने 'लागेरिथ्मोरेक्निका' (Logarithmotechnia) नामक गणित की एक पुस्तक प्रकाशित करवाई। बैरो ने जानबूझकर न्यूटन को वह पुस्तक पढ़ने के लिए दी और कहा कि 'ये गणित में नई प्रतिभा का जन्म है।' न्यूटन ने वह पुस्तक पढ़ी तो वे हैरान रह गए क्योंकि उनके फॉर्मूले उस किताब में दर्शाए गए फॉर्मूलों से कई कदम आगे थे। अब उन्हें इस बात का अफसोस हुआ कि उन्होंने अपना काम प्रकाशित क्यों नहीं करवाया। फिर आइज़ैक बैरो के कहने पर न्यूटन ने अपने गणित के फॉर्मूलों के शोध पत्र तैयार किए। कुछ सोच-विचार करने के बाद उन्होंने न्यूटन के शोध पत्र उस समय के महान गणितज्ञ कॉलिंस के पास लंदन भेजे और लिखा कि *'हमारे कॉलेज का युवा फेलो न्यूटन गणित और विज्ञान के क्षेत्र में कुशल, असाधारण प्रतिभाशाली है, जिसने इन फॉर्मूलों को तैयार किया है। इनमें हाइपरबोला के आयामों की गणना की विधियाँ हैं। इनसे समीकरण भी हल किए जा सकते हैं। शायद यह आपको पसंद आएँगे।'*

आइज़ैक बैरो के कहने पर कॉलिंस ने वे शोध पत्र उस समय के रॉयल सोसायटी के अध्यक्ष ब्राकर को भी दिखाए तथा अन्य गणितज्ञों से पत्राचार भी किया। उन सभी गणितज्ञों ने न्यूटन के कार्यों को माना लेकिन न्यूटन ने पुनः अपने कार्य को प्रकाशित नहीं कराया और अपने शोध पत्र वापस ले लिए। न्यूटन का कार्य विद्वानों के सामने नहीं आ पा रहा है और प्रकाशित भी नहीं हो रहा है, इस कारण आइज़ैक बैरो चिंतित थे। इसके साथ ही उनका स्वास्थ्य भी दिन-ब-दिन बिगड़ता जा रहा था। वे न्यूटन की प्रतिभा को भलीभाँति पहचानते थे इसलिए उनके लिए चिंतित रहते थे।

आइज़ैक बैरो कैम्ब्रिज में ल्यूकेशियन प्रोफेसर के पद पर नियुक्त थे लेकिन लगातार अस्वस्थ रहने के कारण वे अपने पद से त्याग पत्र

देना चाहते थे। उनके बाद इस पद के लिए उन्हें न्यूटन ही उचित लग रहे थे इसलिए उन्होंने ल्यूकेशियन प्रोफेसर के पद के लिए न्यूटन के नाम की सिफारिश कर दी। इसके पश्चात 27 साल की उम्र में ही न्यूटन को कैम्ब्रिज में गणित का ल्यूकेशियन प्रोफेसर नियुक्त किया गया। न्यूटन इस पद पर दूसरे प्रोफेसर थे। ल्यूकेशियन प्रोफेसर बनने के बाद न्यूटन गणित के क्षेत्र में विख्यात हो गए।

आइज़ैक बैरो के मित्र कॉलिंस को जब पता चला कि अब न्यूटन बैरो की जगह पर ल्यूकेशियन प्रोफेसर बने हैं तो उन्हें आश्चर्य हुआ। वे यह जानना चाहते थे कि आइज़ैक बैरो ने इस पद के लिए न्यूटन को ही क्यों चुना? क्या वाकई में न्यूटन इतना काबिल है? अपने सवालों के जवाब जानने के लिए कॉलिंस ने न्यूटन को और अपने मित्र आइज़ैक बैरो को अपने घर पर डिनर के लिए आमंत्रित किया। खाने की टेबल पर कॉलिंस ने न्यूटन को गणित से संबंधित कई सवाल पूछे, जिनका न्यूटन ने अच्छे से जवाब दिया। गणित संबंधित ऐसा कोई सवाल नहीं था, जिसका जवाब न्यूटन के पास नहीं था। आइज़ैक बैरो को न्यूटन की योग्यता पर पूरा भरोसा था इसलिए वे केवल दोनों की बातचीत सुन रहे थे।

कॉलिंस ने न्यूटन से सवाल किया कि 'जब तुम पहली बार प्रोफेसर के रूप में क्लास लोगे तो तुम्हारे लेक्चर का विषय क्या होगा?' जब न्यूटन ने कहा, 'ऑप्टिक्स' तो कॉलिंस हैरान रह गए। वे जानते थे कि ऑप्टिक्स एक बहुत मुश्किल विषय है और थ्योरी के रूप में इसे पढ़ाना मुश्किल है। लेकिन आइज़ैक बैरो ने कॉलिंस के हर शंका का समाधान किया और न्यूटन के ऑप्टिक्स पर किए गए शुरुआती प्रयोगों के बारे में बताया। कॉलिंस को भी यह मानना पड़ा कि गणित के क्षेत्र में न्यूटन जैसी प्रतिभा विलक्षण ही होती है।

ल्यूकेशियन प्रोफेसर बनने के बाद न्यूटन का भविष्य बिलकुल

सुरक्षित हो गया तथा उन पर लगी पाबंदिया भी कम हो गई। इस पद के लिए न्यूटन को सालाना 200 पौंड का वेतन मिलता था। अकादमिक सत्र के दौरान न्यूटन को प्रति सप्ताह गणित का एक लेक्चर देना होता था और उस लेक्चर की एक प्रति पुस्तकालय में जमा करनी होती थी। शुरुआत में जब न्यूटन लेक्चर देने जाते थे तब क्लास में विद्यार्थियों की संख्या बहुत कम होती थी। कभी-कभी तो क्लास खाली होने के कारण न्यूटन अपने कार्यालय में वापिस आ जाते थे। कुछ समय बाद विद्यार्थियों को न्यूटन की नई गणितीय अवधारणाओं का पता लगा तब उनकी क्लास में विद्यार्थियों की संख्या बढ़ने लगी।

न्यूटन की माँ हन्ना की मृत्यु

अपने कार्य में व्यस्त न्यूटन को एक दिन अपनी माँ के बीमार होने की खबर मिली और वह सब कुछ छोड़कर वूल्स्थ्रोप चला गया। दरअसल न्यूटन के सौतेले भाई बेंजामिन को जानलेवा बुखार हुआ था और हन्ना उसकी देखभाल कर रही थी, बेंजामिन तो ठीक हो गया लेकिन हन्ना को बुखार ने जकड़ लिया। न्यूटन ने बीमारी के समय में अपनी माँ की बहुत सेवा की, उनके लिए अपने हाथों से दवाई पिसी, रातभर उनके लिए जागा, उन्हें अपने हाथों से खाना खिलाया क्योंकि पूरी दुनिया में न्यूटन केवल अपनी माँ को ही सबसे करीब मानता था। न्यूटन को एक उम्मीद थी कि उसकी माँ को कुछ नहीं होगा लेकिन 4 जून 1679 को हन्ना का निधन हो गया। न्यूटन के लिए यह एक बहुत बड़ा सदमा था, जिससे उबरने में उसे काफी समय लगा।

हन्ना ने अपनी वसीयत में लिखा था कि 'मेरी मृत्यु के बाद न्यूटन चाहे जहाँ अपनी माँ को दफना सकता है।' न्यूटन ने अपनी माँ को अपने पिताजी के पास कोलस्टबर्ग में दफना दिया। हन्ना की वसीयत के अनुसार वूल्स्थ्रोप की सारी जमीन-जायदाद और वूल्स्थ्रोप मेनोर न्यूटन के नाम किया गया था लेकिन न्यूटन को कोई लालच रोक नहीं पाया और

वह सब कुछ छोड़कर कैम्ब्रिज चला आया।

कैम्ब्रिज आने के बाद न्यूटन अपने कार्य में पूरी तरह से व्यस्त हो गए। कैम्ब्रिज में ल्यूकेशियन प्रोफेसर के पद पर आइज़ैक न्यूटन 34 साल रहे। यह एक बहुत बड़ी बात थी कि एक गाँव का लड़का कैम्ब्रिज यूनिवर्सिटी का सीनियर प्रोफेसर था। अपनी उपलब्धियों और अपने काम की वजह से हमेशा ही न्यूटन की प्रशंसा हुई। ऐसा कहा जाता है कि न्यूटन के कारण ही गणित विषय ने बहुत उन्नति की और तकनीकी शब्दों की स्पष्ट व्याख्या संभव हो सकी। न्यूटन ने गणित विषय में ही न्यू टर्न लाया था।

20
रॉयल सोसायटी और न्यूटन

आज विज्ञान के क्षेत्र में लंदन की 'रॉयल सोसायटी' एक जानी-मानी तथा बहुत संपन्न संस्था है। देश-विदेश में जो भी वैज्ञानिक शोध होते हैं, उनका रॉयल सोसायटी द्वारा बाकायदा परीक्षण किया जाता है। उसके पश्चात ही उसकी प्रामाणिकता को चिन्हित किया जाता है। इसी वजह से आज विज्ञान जगत का हर शोधार्थी अपने शोध पर रॉयल सोसायटी की मुहर लगने की इच्छा रखता है।

रॉयल सोसायटी नामक संस्था का निर्माण लोगों में वैज्ञानिक चेतना के प्रसार व सूचना के प्रचार के लिए हुआ था। इससे पहले किसी संस्था ने इस प्रकार का कार्य नहीं किया था। रॉयल सोसायटी के निर्माताओं का मानना था कि 'विज्ञान किसी संस्था में नहीं बसता बल्कि वह तो लोगों की अपनी सोच-समझ से उपजता है।' इस संस्था से जुड़े वैज्ञानिकों के अनुसार जो लोग प्रकृति को पूर्ण रूप से समझना चाहते हैं, उन्हें सदैव अपनी ज्ञान की आँखें खुली रखनी चाहिए। साथ ही दुनिया के हर स्थान से अधिकतम ज्ञान प्राप्त करने का प्रयास करना चाहिए। प्राचीन समय के बिखरे हुए ज्ञान को एकत्रित करके उसे उचित भाषा में तैयार कर आम लोगों के उपयोग के लिए उपलब्ध कराने का महत्वपूर्ण कार्य इस संस्था ने किया।

इसी रॉयल सोसायटी के एक सदस्य महान गणितज्ञ कॉलिंस, न्यूटन के कार्य से भलीभाँति परिचित थे। इसके साथ ही न्यूटन द्वारा निर्मित टेलीस्कोप को देखकर रॉयल सोसायटी के सदस्य उनसे बहुत संतुष्ट हो गए थे। उस समय तक न्यूटन गणित की कैलकुलस विधि और गुरुत्वाकर्षण व गति के नियमों की खोज कर चुके थे। लेकिन न्यूटन का यह कार्य सार्वजनिक रूप से लोगों के सामने नहीं आ पाया था मगर रॉयल सोसायटी के अधिकांश सदस्यों की जानकारी में ये बातें आ चुकी थी। न्यूटन के पास कैम्ब्रिज यूनिवर्सिटी में ल्युकेशियन प्रोफेसर का पद भी था। इन सब बातों को देखते हुए रॉयल सोसायटी न्यूटन के ज्ञान और उनके कार्यों से प्रभावित हो गई। इसके पश्चात न्यूटन को रॉयल सोसायटी की सदस्यता भी प्राप्त हुई। फिर उन्होंने अपने पुराने शोध कार्यों को प्रदर्शित करना एवं प्रकाशित कराना शुरू कर दिया।

सबसे पहले न्यूटन ने प्रकाश और रंगों पर अपना पहला शोध पत्र प्रकाशित किया। यह शोध पत्र 'फिलोसॉफिकल ट्रांजेक्शंस (Philosophical Transections)' और 'द रॉयल सोसायटी (The Royal Society)' नामक पत्रिकाओं में प्रकाशित हुआ। यह शोध पत्र सामान्यतः स्वीकार किया गया लेकिन उस समय रॉयल सोसायटी में नए शोधों और प्रयोगों की जाँच के लिए नियुक्त किए गए रॉबर्ट हुक नामक वैज्ञानिक ने न्यूटन के शोध का विरोध किया।

न्यूटन का विरोध करने का हुक का प्रमुख कारण यह था कि उन्होंने स्वयं प्रकाश एवं रंगों के संबंध में काम किया था और वे न्यूटन से 7 वर्ष वरिष्ठ थे। रॉबर्ट हुक स्वभाव से इतने जिद्दी थे कि किसी खोज को वे तब तक नहीं मानते थे, जब तक स्वयं उसका प्रयोग करके न देख लें। अधिकांश लोगों के साथ उनका वाद-विवाद चलता रहता था। न्यूटन के साथ भी उनका विवाद इतना बढ़ा कि वे दोनों एक-दूसरे के विरोधी हो गए। सन 1703 में रॉबर्ट हुक की मृत्यु के साथ ही न्यूटन और उनके बीच का विवाद समाप्त हुआ। इसी साल न्यूटन को रॉयल सोसायटी का

अध्यक्ष चुना गया था।

अब वे रॉयल सोसायटी के सभी बैठकों की अध्यक्षता करते थे और बैठकों में पढ़े जानेवाले सभी शोध पत्रों पर अपनी स्वतंत्र राय व्यक्त करते थे। न्यूटन ने काउंसिल के सदस्यों की नियुक्ति का अधिकार भी अपने हाथ में ले लिया। वे सोसायटी के हर कार्य और बैठक में उपस्थित रहते थे। उस समय रॉयल सोसायटी की बैठक साप्ताहिक रूप से होती थी। न्यूटन के अध्यक्ष बनने से पहले ये बैठकें बुधवार के दिन पर होती थी लेकिन सुविधा को देखते हुए उन्होंने साप्ताहिक बैठकों का दिन बृहस्पतिवार निर्धारित कर दिया।

हर साल रॉयल सोसायटी के अध्यक्ष पद के लिए होनेवाले चुनाव में न्यूटन को ही चुना जाता रहा। इसलिए जीवन के अंतिम क्षण तक न्यूटन रॉयल सोसायटी के अध्यक्ष पद पर बने रहे। उनकी मृत्यु के बाद अगले दिन सोसायटी ने अपनी जर्नल में लिखा, 'आइज़ैक न्यूटन की मृत्यु के कारण इस सोसायटी के अध्यक्ष का पद खाली हो गया है।' इस प्रकार से रॉयल सोसायटी न्यूटन के जीवन का एक हिस्सा बन चुकी थी।

21
न्यूटन का लीबनीज के साथ विवाद

न्यूटन ने कई क्रांतिकारी सिद्धांत, समीकरण और अंतरिक्ष की गहरी बातों की खोज की लेकिन अपनी संकोची वृत्ति के कारण जो कुछ भी उन्होंने खोजा, उसके कागज़ पत्र एक ओर रखकर भूल गए और आगे दूसरी खोज में लग गए। अपनी ओर से उन्होंने कभी न कोई शोध पत्र प्रकाशित कराया और न ही अपने शोध संबंधी कोई किताब लिखी। न्यूटन को बचपन से ही अपने शोध को छिपाकर रखने की आदत थी। यही आदत आगे चलकर उनके विरोधकों या उस दौर के अन्य वैज्ञानिकों को आगे बढ़ने का कारण बनी।

न्यूटन के गणित के शिक्षक आइज़ैक बैरो ने उन्हें अपने कैलकुलस से संबंधित गणित के फॉर्मूले प्रकाशित करवाने के लिए कहा था। लेकिन उस समय न्यूटन ने उनकी बात न मानकर बहुत बड़ी गलती की। इसका कारण है कि आगे चलकर प्रतिभाशाली जर्मन गणितज्ञ लीबनीज ने कैलकुलस पर ही काम किया और करीब 1684 में अपने कैलकुलस से संबंधित शोध पत्रों को किताब के रूप में प्रकाशित करवा लिया।

जब न्यूटन को इस बात का पता चला तब उन्होंने इसके विरोध में आवाज़ उठाई। लेकिन उनके पास अपनी बात को साबित करने के लिए कोई सबूत नहीं थे। इस प्रकार लीबनीज के रूप में न्यूटन को एक दुश्मन मिल गया था।

न्यूटन के मित्र परिवार में एडमंड हैली नाम के एक खगोल शास्त्री भी थे। उन्होंने इस मामले में न्यूटन की काफी मदद की। न्यूटन को सही साबित करने के लिए हैली ने प्रमाण ढूँढ़ने की कोशिश की। उन्हें अखबार में 1672 में छपे न्यूटन के कैलकुलस से संबंधित कुछ आर्टिकल भी मिले। लेकिन न्यूटन के पुराने पेपर तो नष्ट हो चुके थे और प्रिन्सिपिया के कारण न्यूटन ने कैलकुलस पर कोई नया काम नहीं किया था इसलिए असली साक्ष्य के अभाव में हैली भी कुछ नहीं कर पाए।

लीबनीज के सिद्धांत न्यूटन से 3 साल पहले 1884 में ही प्रकाशित हो गए। उनके इस प्रकाशन की वजह से न्यूटन को व्यर्थ की आलोचना सहन करनी पड़ी।

गणित की कैलकुलस शाखा को लेकर न्यूटन और लीबनीज के बीच वाद-विवाद बढ़ता ही जा रहा था। इस बीच न्यूटन रॉयल सोसायटी के अध्यक्ष भी बन चुके थे। जब यह विवाद रॉयल सोसायटी के समक्ष आया तब न्यूटन ने अध्यक्ष होने के नाते कैलकुलस संबंधी शोध की मौलिकता की जाँच के लिए एक समिती का गठन किया। इसके साथ ही न्यूटन ने अपने कैलकुलस के शोध पत्र और शोध के समय कॉलिंस, बैरो आदि अन्य वैज्ञानिकों को अपनी खोज को बताने के लिए लिखे गए पत्र आदि समिती के पास सौंप दिए। लीबनीज ने भी अपने प्रमाण प्रस्तुत किए।

कुछ दिनों बाद समिती ने विस्तृत जाँच रिपोर्ट सोसायटी के सामने रखी। इस रिपोर्ट में विवादास्पद स्थितियों के लिए लीबनीज को उत्तरदायी ठहराया गया। इसके साथ ही रिपोर्ट में बताया गया कि न्यूटन की खोज लीबनीज से पहले की गई है और प्राकृतिक भी है। न्यूटन की खोज सरल व सुरुचिपूर्ण एवं अधिक उपयोगी है।

बाद में न्यूटन ने यह स्वीकार किया कि 'मैंने और गणितज्ञ लीबनीज ने कैलकुलस की खोज स्वतंत्र रूप से अलग-अलग की थी। मैंने लीबनीज से पहले यह खोज की थी लेकिन प्रकाशन के मामले में मैं फिसड्डी साबित हुआ। जबकि लीबनीज ने अपनी खोज को पहले

प्रकाशित करके बाजी जीत ली। मैंने अपनी खोज को छिपाए रखा, जबकि लीबनीज ने अपनी खोज को जनता के सामने रख दिया।'

न्यूटन के साथ वाद-विवाद को अगर हटा दिया जाए तो लीबनीज एक अच्छे इंसान थे और उनके काफी सारे दोस्त भी थे। असल में न्यूटन और लीबनीज दोनों चुंबक के दोनों किनारों की तरह थे, जिनका समान महत्त्व होता है लेकिन फिर भी दोनों एक-दूसरे के विपरीत होते हैं। आज जितना महत्त्व न्यूटन के कैलकुलस का माना जाता है, उतना ही महत्त्व लीबनीज के कैलकुलस को भी दिया जाता है।

सर आइज़ैक न्यूटन

22
न्यूटन राजकीय टकसाल में

न्यूटन स्वभाव और पेशे से वैज्ञानिक थे लेकिन उस समय की राजनीति भी उनके प्रभाव से अछूती न रह सकी। उस समय उनका नाम सामान्य जन तक फैल चुका था। न्यूटन की असामान्य प्रतिभा को देखते हुए उन्हें कैम्ब्रिज विश्वविद्यालय की ओर से पार्लियामेंट का सदस्य चुना गया। कैम्ब्रिज का प्रतिनिधित्व करने के लिए विश्वविद्यालय की सीनेट एक संसद सदस्य का चुनाव करती थी। अतः सीनेट ने अपनी ओर से न्यूटन का चुनाव किया। यहीं से न्यूटन का राजनीतिक जीवन शुरू हुआ।

उस दौर में इंग्लैंड में मुद्रा का संकट उत्पन्न हो गया था। विभिन्न प्रकार की मुद्राओं के चलन में जाली सिक्कों की भरमार थी। जाली सिक्कों की धातुओं में मिलावट थी और वे वज़न में भी काफी हलके थे। उस समय जो सिक्के चलन में थे, वे धुँधले हो चुके थे और घिस गए थे।

इस समस्या पर विचार विमर्श करने के लिए उस समय के राजा ने कुछ प्रतिष्ठित लोगों को बुलवाया था। उनमें न्यूटन भी शामिल थे। उस समय गणित के क्षेत्र में न्यूटन का जादू चारों ओर फैल रहा था। इंग्लैंड की प्रतिष्ठा बढ़ाने में गणित का पूरा योगदान माना जा रहा था। ऐसा कहा जाता था कि 'न्यूटन ने इस संसार की पूरी मशीनरी का महान रहस्य

जान लिया है।' गणित के विकास से लोग ऐसी-ऐसी चीज़ें कर रहे थे, जो पहले कभी नहीं हुई थीं। जैसे जनसंख्या की गणना, लोगों के जीवित रहने की उम्र की गणना करना, राष्ट्रीय आमदनी की गणना आदि। उस समय सभी गणनाओं का आदर्श माप सिक्के को माना जाता था। सिक्कों की समस्या पर सभी ने अपना-अपना विचार रखा। अंत में निर्णय लिया गया कि सारे सिक्कों को वापस लिया जाए और नए सिर से नई मुद्रा जारी की जाए।

न्यूटन की नई ज़िम्मेदारी

1696 में न्यूटन को शाही टकसाल का वॉर्डन नियुक्त किया गया। उस समय कैम्ब्रिज का प्रोफेसर होना सम्मान की बात मानी जाती थी और वहाँ का वेतन बिना काम वेतन माना जाता था क्योंकि सालभर में प्रोफेसर को गिने-चुने लेक्चर ही देने होते थे। लेकिन एक राजकीय टकसाल का वॉर्डन नियुक्त होना भी कम महत्त्व का नहीं था। धातुओं की पहचान, उसमें होनेवाली मिलावट आदि को रोकने में न्यूटन सक्षम थे। इस वजह से न्यूटन को सबसे पहले नए सिक्कों की ढलाई का काम सौंपा गया।

लार्ड हैलीफैक्स और उस समय के शाही टकसाल के प्रमुख लुकास के मार्गदर्शन में न्यूटन ने अपना काम शुरू कर दिया। यद्यपि शाही टकसाल में बहुत उपस्थिति की आवश्यकता नहीं थी। लेकिन न्यूटन ने अपने इस नए कार्य को पूरी मेहनत के साथ ज़िम्मेदारी से निभाना शुरू कर दिया। उन्हें नए सिक्कों की ढलाईवाली परियोजना के देखरेख की ज़िम्मेदारी सौंपी गई थी। उस समय शाही टकसाल लंदन के टावर में थी और वहाँ पर दिन-रात काम चलता रहता था। टकसाल में चौबीसों घंटे कोयले की भट्टियाँ जलती रहती थी। चूँकि सभी सिक्के वापस ले लिए गए थे इसलिए नए सिक्के जल्द ही ढालकर वापस भेजने थे। सिक्कों की कमी के कारण व्यापार भी प्रभावित हो रहा था। न्यूटन ने पूरी मेहनत और ईमानदारी के साथ अपने काम को अंजाम दिया और 2 साल में ही

नए सिक्कों की ढलाई का काम पूरा करा दिया।

1699 में शाही टकसाल के प्रमुख लुकास की मृत्यु हो गई। इस समय तक न्यूटन टकसाल के काम में भी अपनी धाक जमा चुके थे। लुकास के रिक्त पद पर न्यूटन को शाही टकसाल का प्रमुख नियुक्त किया गया। उस समय जाली और नकली मुद्रा की भरमार थी। अब न्यूटन के सामने सबसे बड़ी समस्या जाली सिक्के व जाली नोट बनानेवालों को पकड़ने की थी। ऐसी जाली मुद्रा बनानेवालों के लिए फाँसी की सज़ा निर्धारित थी। न्यूटन ने इंग्लैंड के कोने-कोने में अपने जासूसों का जाल फैलाया लेकिन जाली मुद्रा बनानेवालों को पकड़ना इतना आसान नहीं था। ऐसे लोगों की पहुँच शासन सत्ता में बैठे बड़े-बड़े अधिकारियों तक थी। कुछ दिनों पश्चात कलोनेर नाम के एक इंसान को न्यूटन ने नकली मुद्रा के साथ पकड़ लिया। उसके खिलाफ काफी सबूत भी मिले। नकली मुद्रा बनाने का जुर्म उस पर साबित हो गया और उसे फाँसी दे दी गई।

जब न्यूटन टकसाल के प्रमुख नियुक्त हुए थे तब भी चलन में काफी सिक्के नकली थे। उन्होंने अनुमान लगाया कि करीब 20 प्रतिशत सिक्के नकली हैं। अतः न्यूटन ने सिक्कों की जाँच के लिए पारखियों की एक जूरी बनाई, जो ढलनेवाले सिक्कों की आग, पानी, स्पर्श और भार आदि द्वारा जाँच करते थे। जाँच के बाद उन सिक्कों को राजा की काउंसिल के सामने पेश किया जाता था। इस पूरे परीक्षण कार्य में न्यूटन स्वयं भी बहुत मेहनत करते थे। इस वजह से जाली मुद्रा का चलन रुक गया। परिणामस्वरूप इंग्लैंड के सिक्कों की प्रामाणिकता पूरे विश्व में उच्च स्तर की मानी जाने लगी।

ऐसा कहा जाता है कि 1702 में महारानी एनी के राज्याभिषेक के लिए पदक और ज़ेवरात स्वयं न्यूटन ने बनवाए थे। अब न्यूटन की व्यस्तता बढ़ गई थी। शाही टकसाल में उनका इतना मान-सम्मान था कि वे टकसाल के प्रमुख के रूप में अपनी मृत्यु के अंतिम दिन तक बने रहे।

इस प्रकार न्यूटन एक गणितज्ञ होने के साथ-साथ एक शाही टकसाल के प्रबंधक के रूप में आम लोगों में मशहूर हो गए।

नाइटहुड (सर) की उपाधि

सन 1705 में इंग्लैंड की महारानी एनी ने कैम्ब्रिज विश्वविद्यालय की शाही यात्रा की। इसी दौरान उन्होंने शाही टकसाल के प्रमुख और कैम्ब्रिज के लुकेशियन प्रोफेसर न्यूटन को नाइटहुड (सर) की उपाधि प्रदान की। इस उपाधि के लिए न्यूटन पूर्णतः पात्र थे। उस समय सर की उपाधि को इंग्लैंड का सर्वोच्च सम्मान माना जाता था। न्यूटन वे पहले वैज्ञानिक थे, जिन्हें यह उपाधि प्रदान की गई। इस प्रकार आइज़ैक न्यूटन 'सर आइज़ैक न्यूटन' हो गए।

23
अंतिम विदाई

न्यूटन की रुचियाँ विभिन्न थीं। विज्ञान के क्षेत्र से लेकर धर्म के अध्ययन तक। बाइबिल के कुछ विशेष भागों पर भी उन्होंने काम किया है, उनकी व्याख्या करने का प्रयास किया है और समय के अनुसार अर्थ देना चाहा है। लेकिन अपने इस कार्य को न्यूटन आम लोगों तक पहुँचाने से घबराते थे। दरअसल उन्हें यह डर था कि इससे कहीं कोई नया विवाद न खड़ा हो जाए।

सर आइज़ैक न्यूटन का दुनिया के लिए योगदान अतुलनीय है। एक वैज्ञानिक और एक अच्छे इंसान के रूप में उनकी काफी सराहना हुई। सन 1727 के प्रारंभ में न्यूटन गंभीर रूप से बीमार हो गए। अपने अंतिम समय में न्यूटन बहुत आध्यात्मिक हो गए थे, उन्हें ईश्वर की सत्ता पर पूरा विश्वास था। वे प्रकृति के अधिक से अधिक रहस्यों को जानना चाहते थे। अपनी मृत्यु से लगभग एक महीने पहले न्यूटन रॉयल सोसायटी की बैठक की अध्यक्षता करने के लिए लंदन गए थे। रास्ते में सफर के कारण उन्हें बहुत थकान सी हो गई थी। उनकी बीमारी बढ़ती गई। लंदन से वापस आने के बाद दो डॉक्टर लगातार उनकी निगरानी करते रहे लेकिन उनकी तकलीफ बढ़ती जा रही थी।

आखिरकार मार्च 1727 में केनसिंग्टन में उनकी मृत्यु हो गई। उस

समय वे 84 वर्ष के थे। न्यूटन ने शादी नहीं की थी इसलिए उनकी अपनी कोई संतान नहीं थी। इसलिए उनके अंतिम संस्कार का कार्य उनकी भांजी कैथरीन बर्टन ने अपने पति के साथ मिलकर पूरा किया।

इंग्लैंड के इतिहास में जितना राजकीय सम्मान न्यूटन को मिला, उतना किसी अन्य वैज्ञानिक को नहीं मिला। इंग्लैंड की जनता भी न्यूटन का बहुत आदर करती थी। यही कारण था कि उनका शव आठ दिन तक इंग्लैंड की मशहूर चर्च वेस्टमिनिस्टर एब्बे में रखा गया था। उसी चर्च के प्रांगण में उन्हें दफनाया गया। इस कब्रगाह में इंग्लैंड के जाने-माने व्यक्ति और शासक वर्ग के लोग ही दफनाए जाते थे। न्यूटन की मृत्यु के एक वर्ष बाद दफनाए गए स्थान पर उनका शानदार स्मारक बनवाया गया, जो आज भी मौजूद है।

महान वैज्ञानिक की याद में उत्तम श्रद्धांजली शायद वे शब्द हैं जो कि उस कमरे की एक मेज पर खुदे गए हैं, जिसमें उनका जन्म हुआ था। वे शब्द हैं –

"कुदरत और कुदरत के नियम छिप जाते हैं रात में,
ईश्वर ने कहा, 'न्यूटन हमेशा रहे' और वह हो गया प्रकाशमान।"

24
वैज्ञानिक न्यूटन के अनमोल विचार

1. हमने बहुत सारी दीवारें तो बनाईं, लेकिन पर्याप्त पुल नहीं बनाए।
2. हर क्रिया की प्रतिक्रिया होती है।
3. जो ऊपर जाता है, उसका नीचे आना भी अवश्यभावी है।
4. मेरी शक्तियाँ साधारण हैं, सिर्फ मेरे प्रयोगों ने मुझे सफलता दिलाई है।
5. प्रतिभा धैर्य है।
6. मैं आकाशीय पिंडों की गति की गणना कर सकता हूँ लेकिन लोगों के पागलपन की नहीं।
7. दोष कला कृतियों में नहीं होता बल्कि कलाकार में होता है।
8. कोई भी चीज़ सीधी दिशा में तब तक गतिमान रहती है जब तक कि उस पर कोई बाहरी बल न लगाया जाए।
9. यदि मैंने जनता की कोई सेवा की है तो केवल अपने संतोषी विचारों की वजह से।
10. मेरे लिए भौतिक सम्मान और गौरव के साधन कभी भी विज्ञान के

क्षेत्र में प्रगति से अधिक नहीं रहे।

11. मैं नहीं जानता कि संसार के लिए मैं क्या हूँ, लेकिन मेरी नज़र में मैं अपने आपको समुद्र के किनारे खेल रहे उस बच्चे की तरह मानता हूँ जो चिकने पत्थर एवं सुंदर सीपियाँ खोजने में लीन है। जबकि सामने सत्य का अबूझ अनसुलझा महासागर अब भी फैला हुआ है।

12. मेरी शक्तियाँ साधारण हैं, मेरी सफलता का राज़ है- सतत अभ्यास।

13. किसी एक आदमी यहाँ तक कि किसी एक उम्र के लिए पूरी प्रकृति की व्याख्या करना बहुत कठिन कार्य है। इसलिए बेहतर है कि जो कुछ हो वह निश्चितता के साथ किया जाए और शेष उनके लिए छोड़ दिया जाए, जो आपके बाद आएँगे।

14. यदि मैंने दूसरों की तुलना में आगे देखा है तो यह सब मैं दिग्गजों के कंधे पर खड़े रहकर ही कर पाया हूँ।

15. कोई भी बड़ी खोज, एक साहसी कल्पना के बिना नहीं की जा सकती।

SIR ISAAC NEWTON.

सरश्री अल्प परिचय

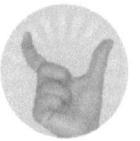

स्वीकार मुद्रा

सरश्री की आध्यात्मिक खोज का सफर उनके बचपन से प्रारंभ हो गया था। इस खोज के दौरान उन्होंने अनेक प्रकार की पुस्तकों का अध्ययन किया। अपने आध्यात्मिक अनुसंधान के दौरान उन्होंने लगभग सभी ध्यान पद्धतियों का भी अभ्यास किया। उनकी इसी खोज ने उन्हें कई वैचारिक और शैक्षणिक संस्थानों की ओर बढ़ाया। जीवन का रहस्य समझने के लिए उन्होंने **एक लंबी अवधि तक मनन करते हुए अपनी खोज जारी रखी, जिसके अंत में उन्हें आत्मबोध प्राप्त हुआ।** आत्मसाक्षात्कार के बाद उन्होंने जाना कि **अध्यात्म का हर मार्ग जिस कड़ी से जुड़ा है वह है- समझ (अंडरस्टैण्डिंग)।** उसके बाद उन्होंने अपने तत्कालीन अध्यापन कार्य को विराम लगाते हुए, लगभग दो दशकों से भी अधिक समय अपना समस्त जीवन मानवजाति के कल्याण और उसके आध्यात्मिक विकास हेतु अर्पण किया है।

सरश्री कहते हैं, 'सत्य के सभी मार्गों की शुरुआत अलग-अलग प्रकार से होती है लेकिन सभी के अंत में एक ही समझ प्राप्त होती है। **'समझ' ही सब कुछ है और यह 'समझ' अपने आपमें पूर्ण है।** आध्यात्मिक ज्ञान प्राप्ति के लिए इस 'समझ' का श्रवण ही पर्याप्त है।' इसी समझ को उजागर करने के लिए उन्होंने आज तक **तीन हज़ार से अधिक आध्यात्मिक विषयों पर प्रवचन दिए हैं,** जिनके द्वारा वे अध्यात्म की गहरी संकल्पनाएँ सीधे और व्यावहारिक रूप में समझाते हैं। समाज के हर स्तर का इंसान सरश्री द्वारा बताई जा रही समझ का लाभ ले सकता है।

यह समझ हरेक को अपने अनुभव से प्राप्त हो इसलिए सरश्री ने **'महाआसमानी परम ज्ञान शिविर'** और उसके लिए आवश्यक कार्यप्रणाली (सिस्टम) की रचना की है, **जिसका लाभ लाखों खोजी ले रहे हैं।** यह व्यवस्था आय.एस.ओ. (ISO 9001:2015) प्रमाणित है, जिसने अनेक लोगों को सत्य की राह पर चलने की प्रेरणा दी है। इसी समझ के प्रचार और प्रसार के लिए उन्होंने 'तेजज्ञान फाउण्डेशन' नामक आध्यात्मिक संस्था की नींव रखी है। इस संस्था का मुख्य उद्‌देश्य है- **'हॅपी थॉट्स द्वारा उच्चतम विकसित समाज का निर्माण'**।

विश्व का हर इंसान आज सरश्री के मार्गदर्शन का लाभ ले सकता है, जिसके लिए किसी भी धर्म, जाति, उपजाति, वर्ण, पंथ, रंग या लिंग का बंधन नहीं है। विश्व के हर कोने में बसे लोग आज तेजज्ञान की इस अनूठी ज्ञान प्रणाली (System for Wisdom) का लाभ ले रहे हैं। इस व्यवस्था के एक हिस्से के रूप में **लाखों लोग रोज़ सुबह और रात को ९ बजकर ९ मिनट पर विश्व शांति के लिए प्रार्थना करते हैं।**

सरश्री को **बेस्टसेलर पुस्तक 'विचार नियम' श्रृंखला के रचनाकार** के रूप में भी जाना जाता है, जिसकी **१ करोड़ से ज़्यादा प्रतियाँ केवल ५ सालों** में वितरित हो चुकी हैं। इसके अलावा उन्होंने विविध विषयों पर **१५० से अधिक पुस्तकों का लेखन** किया है, जिनमें से 'विचार नियम', 'स्वसंवाद का जादू', 'स्वयं का सामना', 'स्वीकार का जादू', 'निर्णय और ज़िम्मेदारी', 'निःशब्द संवाद का जादू', 'संपूर्ण ध्यान' आदि पुस्तकें बेस्टसेलर बन चुकी हैं। ये पुस्तकें दस से अधिक भाषाओं में अनुवादित की जा चुकी हैं और प्रमुख प्रकाशकों द्वारा प्रकाशित की गई हैं, जैसे पेंगुइन बुक्स, जैको बुक्स, मंजुल पब्लिशिंग हाऊस, प्रभात प्रकाशन, राजपाल एॅण्ड सन्स, पेंटागॉन प्रेस, सकाळ प्रकाशन इत्यादि।

तेजज्ञान फाउण्डेशन – परिचय

तेजज्ञान फाउण्डेशन आत्मविकास से आत्मसाक्षात्कार प्राप्त करने का एक रास्ता है। इसके लिए सरश्री द्वारा एक अनूठी बोध पद्धति (System for Wisdom) का सृजन हुआ है। इस पद्धति को अन्तर्राष्ट्रीय मानक ISO 9001:2015 के आवश्यकताओं एवं निर्देशों के अनुरूप ढालकर सरल, व्यावहारिक एवं प्रभावी बनाया गया है।

इस संस्था की बोध पद्धति के विभिन्न पहलुओं (शिक्षण, निरीक्षण व गुणवत्ता) को स्वतंत्र गुणवत्ता परीक्षकों (Quality Auditors) द्वारा क्रमबद्ध तरीके से जाँचा गया। जिसके बाद इन पहलुओं को ISO 9001:2015 के अनुरूप पाकर, इस बोध पद्धति को प्रमाणित किया गया है।

फाउण्डेशन का लक्ष्य आपको नकारात्मक विचार से सकारात्मक विचार की ओर बढ़ाना है। सकारात्मक विचार से शुभ विचार यानी हॅपी थॉट्स (विधायक आनंदपूर्ण विचार) और शुभ विचार से निर्विचार की ओर बढ़ा जा सकता है। निर्विचार से ही आत्मसाक्षात्कार संभव है। शुभ विचार (Happy Thoughts) यानी यह विचार कि 'मैं हर विचार से मुक्त हो जाऊँ।' शुभ इच्छा यानी यह इच्छा कि 'मैं हर इच्छा से मुक्त हो जाऊँ।'

ज्ञान का अर्थ है सामान्य ज्ञान लेकिन तेजज्ञान यानी वह ज्ञान जो ज्ञान व अज्ञान के परे है। कई लोग सामान्य ज्ञान की जानकारी को ही ज्ञान समझ लेते हैं लेकिन असली ज्ञान और जानकारी में बहुत अंतर है। आज लोग सामान्य ज्ञान के जवाबों को ज़्यादा महत्त्व देते हैं। उदाहरण के तौर पर कर्म और भाग्य, योग और प्राणायाम, स्वर्ग और नर्क इत्यादि। आज के युग में सामान्य ज्ञान प्रदान करनेवाले लोग और शिक्षक कई मिल जाएँगे मगर इस ज्ञान को पाकर जीवन में कोई बड़ा परिवर्तन नहीं होता। यह ज्ञान या तो केवल बुद्धि विलास है या फिर अध्यात्म के नाम पर बुद्धि का व्यायाम है।

सभी समस्याओं का समाधान है- तेजज्ञान। भय से मुक्ति, चिंतारहित व क्रोध से आज़ाद जीवन है- तेजज्ञान। शारीरिक, मानसिक, सामाजिक, आर्थिक और आध्यात्मिक उन्नति के लिए है- तेजज्ञान। तेजज्ञान आपके अंदर है, आएँ और इसे पाएँ। यदि आप ऐसा ज्ञान चाहते हैं, जो सामान्य ज्ञान के परे हो, जो हर समस्या का समाधान हो, जो सभी मान्यताओं से आपको मुक्त करे, जो आपको ईश्वर का साक्षात्कार कराए, जो आपको सत्य पर स्थापित करे तो समय आ गया है तेजज्ञान को जानने का। समय आ गया है शब्दोंवाले सामान्य ज्ञान से उठकर तेजज्ञान का अनुभव करने का।

अब तक अध्यात्म के अनेक मार्ग बताए गए हैं। जैसे जप, तप, मंत्र, तंत्र, कर्म, भाग्य, ध्यान, ज्ञान, योग और भक्ति आदि। इन मार्गों के अंत में जो समझ, जो बोध प्राप्त होता है, वह एक ही है। सत्य के हर खोजी को अंत में एक ही समझ मिलती है और इस समझ को सुनकर भी प्राप्त किया जा सकता है। उसी समझ को सुनना यानी तेजज्ञान प्राप्त करना है। तेजज्ञान के श्रवण से सत्य का साक्षात्कार होता है, ईश्वर का अनुभव होता है। यही तेजज्ञान सरश्री महाआसमानी परम ज्ञान शिविर में प्रदान करते हैं।

महाआसमानी परम ज्ञान शिविर परिचय और लाभ (निवासी)

क्या आपको उच्चतम आनंद पाने की इच्छा है? ऐसा आनंद, जो किसी कारण पर निर्भर नहीं है, जिसमें समय के साथ केवल बढ़ोतरी ही होती है। क्या आप इसी जीवन में प्रेम, विश्वास, शांति, समृद्धि और परमसंतुष्टि पाना चाहते हैं? क्या आप शारीरिक, मानसिक, सामाजिक, आर्थिक और आध्यात्मिक इन सभी स्तरों पर सफलता हासिल करना चाहते हैं? क्या आप 'मैं कौन हूँ' इस सवाल का जवाब अनुभव से जानना चाहते हैं।

यदि आपके अंदर इन सवालों के जवाब जानने की और 'अंतिम सत्य' प्राप्त करने की प्यास जगी है तो तेजज्ञान फाउण्डेशन द्वारा आयोजित 'महाआसमानी परम ज्ञान शिविर' में आपका स्वागत है। यह शिविर पूर्णतः सरश्री की शिक्षाओं पर आधारित है। सरश्री आज के युग के आध्यात्मिक गुरु और 'तेजज्ञान फाउण्डेशन' के संस्थापक हैं, जो अत्यंत सरलता से आज की लोकभाषा में आध्यात्मिक समझ प्रदान करते हैं।

महाआसमानी परम ज्ञान शिविर का उद्देश्य :

इस शिविर का उद्देश्य है, 'विश्व का हर इंसान 'मैं कौन हूँ' इस सवाल का जवाब जानकर सर्वोच्च आनंद में स्थापित हो जाए।' उसे ऐसा ज्ञान मिले, जिससे वह हर पल वर्तमान में जीने की कला प्राप्त करे। भूतकाल का बोझ और भविष्य की चिंता इन दोनों से वह मुक्त हो जाए। हर इंसान के जीवन में स्थायी खुशी, सही समझ और समस्याओं को विलीन करने की कला आ जाए। मनुष्य जीवन का उद्देश्य पूर्ण हो।

'मैं कौन हूँ? मैं यहाँ क्यों हूँ? मोक्ष का अर्थ क्या है? क्या इसी जन्म में मोक्ष प्राप्ति संभव है?' यदि ये सवाल आपके अंदर हैं तो महाआसमानी परम ज्ञान शिविर इसका जवाब है।

महाआसमानी परम ज्ञान शिविर के मुख्य लाभ :

इस शिविर के लाभ तो अनगिनत हैं मगर कुछ मुख्य लाभ इस प्रकार हैं–

* जीवन में दमदार लक्ष्य प्राप्त होता है।
* 'मैं कौन हूँ' यह अनुभव से जानना (सेल्फ रियलाइजेशन) होता है।
* मन के सभी विकार विलीन होते हैं।
* भय, चिंता, क्रोध, बोरडम, मोह, तनाव जैसी कई नकारात्मक बातों से मुक्ति मिलती है।
* प्रेम, आनंद, मौन, समृद्धि, संतुष्टि, विश्वास जैसे कई दिव्य गुणों से युक्ति होती है।

* सीधा, सरल और शक्तिशाली जीवन प्राप्त होता है।
* हर समस्या का समाधान प्राप्त करने की कला मिलती है।
* 'हर पल वर्तमान में जीना' यह आपका स्वभाव बन जाता है।
* आपके अंदर छिपी सभी संभावनाएँ खुल जाती हैं।
* इसी जीवन में मोक्ष (मुक्ति) प्राप्त होता है।

महाआसमानी परम ज्ञान शिविर में भाग कैसे लें?

इस शिविर में भाग लेने के लिए आपको कुछ खास माँगें पूरी करनी होती हैं। जैसे-

१) आपकी उम्र कम से कम अठारह साल या उससे ऊपर होनी चाहिए।

२) आपको सत्य स्थापना शिविर (फाउण्डेशन ट्रुथ रिट्रीट) में भाग लेना होगा, जहाँ आप सीखेंगे- वर्तमान के हर पल को कैसे जीया जाए और निर्विचार दशा में कैसे प्रवेश पाएँ।

३) आपको कुछ प्राथमिक प्रवचनों में उपस्थित होना है, जहाँ आप बुनियादी समझ आत्मसात कर, महाआसमानी परम ज्ञान शिविर के लिए तैयार होते हैं।

यह शिविर एक या दो महीने के अंतराल में आयोजित किया जाता है, जिसका लाभ हज़ारों खोजी उठाते हैं। इस शिविर की तैयारी आप दो तरीके से कर सकते हैं। पहला तरीका- मनन आश्रम (पूना) में पाँच दिवसीय निवासी शिविर में भाग लेकर, दूसरा तरीका- तेजज्ञान फाउण्डेशन के नजदीकी सेंटर पर सत्य श्रवण द्वारा। जैसे- पुणे, मुंबई, दिल्ली, सांगली, सातारा, जलगाँव, अहमदाबाद, कोल्हापुर, नासिक, अहमदनगर, औरंगाबाद, सूरत, बरोडा, नागपुर, भोपाल, रायपुर, चेन्नई, वर्धा, अमरावती, चंद्रपुर, यवतमाल, रत्नागिरी, लातूर, बीड, नांदेड, परभणी, पनवेल, ठाणे, सोलापुर, पंढरपुर, अकोला, बुलढाणा, धुले, भुसावल, बैंगलोर, बेलगाम, धारवाड, भुवनेश्वर, कोलकत्ता, राँची, लखनऊ, कानपुर, चंदीगढ़, जयपुर, पणजी, म्हापसा, इंदौर, इटारसी, हरदा, विदिशा, बुरहानपुर।

इनके अतिरिक्त आप महाआसमानी की तैयारी फाउण्डेशन में उपलब्ध सरश्री द्वारा रचित पुस्तकें या यू ट्यूब के संदेश सुनकर भी कर सकते हैं। मगर याद रहे ये पुस्तकें, यू ट्यूब के प्रवचन शिविर का परिचय मात्र है, तेजज्ञान नहीं। आप महाआसमानी परम ज्ञान शिविर में भाग लेकर ही तेजज्ञान का आनंद ले सकते हैं। आगामी महाआसमानी परम ज्ञान शिविर में अपना स्थान आरक्षित करने के लिए संपर्क करें :
09921008060/75, 9011013208

महाआसमानी परम ज्ञान शिविर स्थान :

यह शिविर पुणे में स्थित मनन आश्रम पर आयोजित किया जाता है। इस शिविर के लिए भोजन और रहने की व्यवस्था की जाती है। यदि आपको कोई शारीरिक बीमारी है और आप नियमित रूप से दवाई ले रहे हैं तो कृपया अपनी दवाइयाँ साथ में लेकर आएँ। वातावरण अनुसार गरम कपड़े, स्वेटर, ब्लैंकेट आदि भी लाएँ। 'मनन आश्रम' पुणे शहर के बाहरी क्षेत्र में पहाड़ों और निसर्ग के असीम सौंदर्य के बीच बसा हुआ है। इस आश्रम में पुरुषों और महिलाओं के लिए अलग-अलग, कुल मिलाकर 700 से 800 लोगों के रहने की व्यवस्था है। यह आश्रम पुणे शहर से 17 किलो मीटर की दूरी पर है। हवाई अड्डा, हाइवे और रेल्वे से पुणे आसानी से आ-जा सकते हैं।

पुस्तकें प्राप्त करने के लिए नीचे दिए गए पते पर मनीऑर्डर द्वारा पुस्तक का मूल्य भेज सकते हैं। पुस्तकें रजिस्टर्ड, कुरियर अथवा वी.पी.पी. द्वारा भेजी जाती हैं। पुस्तकों के लिए नीचे दिए गए पते पर संपर्क करें।

WOW Publishings Pvt. Ltd.

✱ रजिस्टर्ड ऑफिस – इ– 4, वैभव नगर, तपोवन मंदिर
के नज़दीक, पिंपरी, पुणे – 411017

✱ पोस्ट बॉक्स नं. 36, पिंपरी कॉलोनी पोस्ट ऑफिस, पिंपरी, पुणे – 411017 फोन नं.: 09011013210 / 9146285129

आप ऑन-लाइन शॉपिंग द्वारा भी पुस्तकों का ऑर्डर दे सकते हैं।
लॉग इन करें – www.gethappythoughts.org
500 रुपयों से अधिक पुस्तकें मँगवाने पर 10% की छूट और फ्री शिपिंग।

वॉव पब्लिशिंगस् द्वारा प्रकाशित पुस्तकें

विचार नियम

आपकी कामयाबी का रहस्य

क्या हम सभी आंतरिक शांति को तलाश रहे हैं?

क्या हम अपने जीवन में आंतरिक शांति और स्थायी पूर्णता की चाहत रखते हैं? साथ ही हमें बेशर्त प्रेम और आनंद की तलाश रहती है। परंतु यह संभव नहीं लगता क्योंकि रोज़मर्रा के जीवन में चुनौतियों में हम उलझकर रह जाते हैं।

क्या हम सभी सांसारिक सफलता पाने की चाहत रखते हैं?

हम सभी संपन्न जीवन का आनंद लेना चाहते हैं। एक ऐसा जीवन जहाँ रिश्तों में भरपूर ताल-मेल और अपनापन हो, आर्थिक स्वतंत्रता हो और उत्तम स्वास्थ्य हो। हम सभी अपने काम में रचनात्मक और उत्पादक बनकर सर्वोत्तम परिणाम हासिल करने की चाह रखते हैं। लेकिन ये सब हासिल करने की कीमत हमें अपनी आंतरिक शांति खोकर चुकानी पड़ती है...

खुशखबर यह है कि अब हमें दोनों प्राप्त हो सकते हैं!

'विचार नियम' पुस्तक के ज़रिए –

- अपने आंतरिक और बाहरी जीवन में ताल-मेल बिठाएँ।
- अपनी इच्छानुसार शांत और स्थिर महसूस करें।
- विचारों के पार जाकर अपने 'असली अस्तित्व' को पहचानें, जो आपकी मूल अवस्था है।
- विचार नियमों को अपने जीवन में उतारें ताकि आप अपनी उच्चतम संभावना की ओर सहजता से आगे बढ़ पाएँ।
- मौनायाम की अवस्था में रहकर प्रेम, आनंद, करुणा, भरपूरता व रचनात्मकता जैसे गुणों को अपने अंदर से प्रकट होने का मौका दें।

आइए, बीस लाख से भी अधिक पाठकों के समूह में शामिल हो जाएँ, जिन्होंने विचारों के ७ शक्तिशाली नियमों तथा मत्रों द्वारा आंतरिक शांति और सफलता हासिल की है।

विश्वास नियम
सर्वोच्च शक्ति के सात नियम

आपका मोबाइल तो अप टू डेट है परंतु क्या आपका विश्वास अप टू डेट है? क्या आपका आज का विश्वास आपको अंतिम सफलता की राह पर बढ़ा रहा है? यदि उपरोक्त सवालों के जवाब 'नहीं' हैं तो आपको विश्वास नियम की आवश्यकता है। विश्वास नियम आपके विश्वास को बढ़ाकर उसे अप टू डेट करता है।

'विश्वास' ईश्वर द्वारा दी हुई वह देन है– जो हमारे स्वास्थ्य, रिश्ते, मनशांति, आर्थिक समृद्धि एवं आध्यात्मिक उन्नति में चार चाँद लगाता है। आइए, इस शक्ति का चमत्कार अपने जीवन ये देखें और 'सब संभव है' इस पंक्ति का प्रत्यक्ष अनुभव लें।

इस पुस्तक में दिए गए सात विश्वास नियम ऊर्जा का असीम भंडार हैं। ये आपके जीवन की नकारात्मकता हटाकर, आपको सकारात्मक ऊर्जा से लबालब भर देंगे। जीवन के हर स्तर पर आपकी मदद करेंगे। इसलिए यह पुस्तक इस विश्वास के साथ पढ़ें कि 'अब सब संभव है' और जानें...

✽ विश्वास की शक्ति से जो चाहें वह कैसे पाएँ
✽ विश्वास को वाणी में लाकर जीवन को कैसे बदलें
✽ विश्वासघात पर मात पाकर विश्व के लिए नया उदाहरण कैसे बनें
✽ अपने भीतर छिपे हर अविश्वास को विश्वास में रूपांतरित करके विकास की ओर कैसे बढ़ें
✽ हर समस्या का समाधान कैसे खोजें
✽ विश्वास द्वारा संपूर्ण सफलता कैसे पाएँ

असंभव कैसे करें संभव
हातिम से सीखें साहस और निःस्वार्थ जीवन का राज़

हातिम के किस्से विश्व प्रसिद्ध हैं जो आपको रहस्य, रोमांच और साहस की तिलस्मी दुनिया में ले जाते हैं। लेकिन इस बार यह साहस आपको दिखाना है और सात नहीं बल्कि चौदह सवालों के जवाब खोजने हैं पर एक अलग ढंग से। यह खोज जंगलों में, पर्वतों पर, रेगिस्तानों में नहीं बल्कि स्वयं के भीतर ही डुबकी लगाकर करनी है।

इस खोज में यह पुस्तक आपकी मार्गदर्शक बनेगी। जो पहले आपको सवाल देगी, फिर आपसे उनके जवाबों की खोज करवाएगी। ये जवाब आपको सिखाएँगे-

१. असंभव कैसे बने संभव? वहम, तथ्य, सत्य और परमसत्य का रहस्य क्या है?

२. कुदरत से कैसा ताल-मेल बनाएँ ताकि लक्ष्य सहजता से प्राप्त हो?

३. दुःख से बाहर आने की कला क्या है, आनंदित अवस्था कैसे पाएँ?

४. निःस्वार्थ जीवन की शक्ति क्या है, इसे अपनाना क्यों ज़रूरी है?

५. कर्म विज्ञान क्या है, कर्म बंधनों से मुक्ति कैसे पाएँ?

६. प्रेम, आनंद, शांति, संपन्नता, स्वास्थ्य, मधुर रिश्तोंभरा जीवन कैसे पाएँ?

७. मृत्यु और जीवन का रहस्य क्या है? मुक्ति क्या है, इसे कैसे प्राप्त करें?

तो चलिए हातिम बनकर सात-सात वचनों के साथ आंतरिक खोज का शुभारंभ करें और वह सब कुछ प्राप्त करें, जिसे पाने के लिए आप पृथ्वी पर आए हैं।

थॉमस अल्वा एडिसन
अदृश्य नियमों के ज्ञाता

यह किताब थॉमस अल्वा एडिसन की जीवनी नहीं है। यह एक ऐसे इंसान का चित्रण है, जिसने अपनी आंतरिक क्षमता को खोजा एवं विकसित किया। यह किताब न सिर्फ एडिसन को सफल बनानेवाले कारकों पर प्रकाश डालती है बल्कि उनके जीवन के अनेक किस्सों के माध्यम से उनकी ऐसी चारित्रिक विशेषताओं की व्याख्या भी करती है, जिनके बल पर वे रचनात्मक एवं आविष्कारिक सफलता के शीखर तक पहुँचे। हालाँकि यह एडिसन के जीवन की महत्वपूर्ण घटनाओं का दस्तावेज भर नहीं है क्योंकि यह उन नियमों को भी समझाती है, जिन्होंने चार वर्ष की आयु तक बोल न पानेवाले बालक को ऐसे व्यक्तित्व में बदल दिया, जो आगे चलकर औद्योगिक क्रांति का पथ प्रदर्शक बना।

स्वयं एडिसन के शब्दों में – 'मेरा मानना है कि यह संसार असीमित ज्ञान से ही चलता है। हमारे आस-पास जो कुछ भी मौजूद है, हर वह चीज़ जिसका एक भौतिक अस्तित्व है, उसके पीछे प्रकृति के अनंत नियम काम करते हैं। यह अकाट्य सच्चाई गणित की तरह ही यथार्थपूर्ण है।'

सफलता की कोई भी महान गाथा संयोगवश नहीं बनती। उसके पीछे इन नियमों की बुनियाद भी होती है। ये सारे नियम कोई रहस्यमय चीज नहीं हैं। आप भी इनकी सहायता से अपनी आंतरिक क्षमता को उजागर कर सकते हैं। सबसे महत्वपूर्ण बात यह है कि किताब का प्रत्येक खंड इन नियमों का व्यावहारिक ज्ञान देकर आपको और अधिक सशक्त बनाता है।

अल्बर्ट आइंस्टाइन
वैज्ञानिक सोच के महाधनवान

यदि कोई इतिहास के सबसे बुद्धिमान मनुष्य के विषय में प्रश्न करता है तो सभी के मस्तिष्क में अल्बर्ट आइंस्टाइन का नाम सबसे पहले आता है। अलग-अलग युग में उन्हें शताब्दी पुरुष, सर्वकालिक महान वैज्ञानिक, जीनियस और न जाने कितने ऐसे अनेक संबोधनों से पुकारा गया। वही आइंस्टाइन, जिन्होंने सिद्धांतों तथा शोधों द्वारा विज्ञान का चेहरा ही बदलकर रख दिया। उनका जीवन इस बात का प्रमाण है कि साधारण से साधारण व्यक्ति भी मेहनत, हिम्मत और लगन से सफलता प्राप्त कर सकता है और विश्व में नाम कमाते हुए, असाधारण व्यक्तित्व की श्रेणी में आ सकता है।

आइंस्टाइन सापेक्षता (Relativity) के सिद्धांत और द्रव्यमान ऊर्जा समीकरण $E = mc^2$ के लिए संपूर्ण विश्व में प्रसिद्ध हैं। उन्हें सैद्धांतिक भौतिकी, विशेषकर प्रकाश विद्युत उत्सर्जन की खोज के लिए सन 1921 में विश्व के सर्वोच्च 'नोबेल पुरस्कार' से सम्मानित किया गया।

आइंस्टाइन का हमेशा यही मानना था कि मनुष्य चाहे छोटा कार्य ही क्यों न कर रहा हो, उसे उस काम को पूरी सच्चाई तथा प्रामाणिकता के साथ करना चाहिए।

इस पुस्तक को पढ़कर एक महान, विलक्षण वैज्ञानिक के जीवन को देखें और उससे प्रेरणा प्राप्त करें।

बेंजामिन फ्रैंकलिन

बेंजामिन फ्रैंकलिन न केवल एक पुस्तक प्रेमी बल्कि संयुक्त राज्य अमेरिका के संस्थापक जनकों में से एक थे। वे राजनीतिज्ञ ही नहीं, एक लेखक, व्यंग्यकार, वैज्ञानिक, आविष्कारक, सैनिक, लीडर एवं सामाजिक कार्यकर्ता भी थे। एक वैज्ञानिक के रूप में उन्होंने बिजली की छड़, बाईफोकल्स, फ्रैंकलिन स्टोव, एक गाड़ी के ऑडोमीटर और ग्लास आर्मोनिका का आविष्कार किया।

प्रस्तुत पुस्तक में बेंजामिन फ्रैंकलिन के जीवन की कई प्रेरणादाई घटनाओं का वर्णन करने का प्रयास किया गया है। बेंजामिन फ्रैंकलिन के जीवन से हमें प्रेरणा मिलती है कि कैसे एक आम आदमी सामान्य परिस्थितियों में भी सफलता के शिखर तक पहुँचता है।

बेंजामिन फ्रैंकलिन के बारे में कहा जाता है कि 'बेंजामिन संयुक्त राज्य अमेरिका के एकमात्र ऐसे राष्ट्रपति थे, जो कभी संयुक्त राज्य अमेरिका के राष्ट्रपति नहीं थे।' अर्थात अमेरिका के राष्ट्रपति न बनकर भी उन्होंने वे सारे कार्य किए, जो एक राष्ट्रपति को करने होते हैं। उनके कार्य का अंदाजा इस बात से लगाया जा सकता है कि देशभर में उनकी सैकड़ों प्रतिमाएँ लगी हुई हैं। अमेरिकन डॉलर, पदकों और डाक टिकटों पर बेंजामिन के चित्र आज भी छापे जाते हैं। अमेरिका के कई सारे पुल, स्कूल, कॉलेजेस, अस्पताल और संग्रहालय बेंजामिन के नाम पर हैं। यूँ ही किसी को ऐसी ख्याति प्राप्त नहीं होती। बेंजामिन ने अपने जीवन में धन से भी अधिक लोगों की दुवाएँ और खुशियाँ प्राप्त की हैं।

तेजज्ञान फाउण्डेशन – मुख्य शाखाएँ

पुणे (रजिस्टर्ड ऑफिस) – विक्रांत कॉम्प्लेक्स, तपोवन मंदिर के नज़दीक, पिंपरी, पुणे–४११०१७. फोन : 020-27411240, 27412576

मनन आश्रम – सर्वे नं. ४३, सनस नगर, नांदोशी गाँव, किरकटवाडी फाटा, तहसील – हवेली, जिला– पुणे – ४११ ०२४. फोन : 09921008060

e-books in English

• The Source • Celebrating Relationships • The Miracle Mind • Everything is a Game of Beliefs • Who am I now • Beyond Life • The Power of Present • Freedom from Fear Worry Anger • Light of grace • The Source of Health and many more.

e-books in Hindi

• Vichar Niyam • Vishwas Niyam • Vikas Niyam • Dhyan Niyam • Rishton me Nayee Roshani • Kshama ka Jadoo • Mrityu Uparant Jeevan • Swayam ka Samna • Samay Niyojan ke Niyam • Prarthana Beej • Mann ka Vigyan • Neev 90 • Sampurn Prashikshan and many more.

Other E-books available at www.gethappythoughts.org

e-mail

mail@tejgyan.com

website

www.tejgyan.org, www.gethappythoughts.org

Free apps

U R Meditation & Tejgyan Internet Radio on all platforms like Android, iPhone, iPad and Amazon

e-magazines

'Yogya Aarogya' & 'Drushtilakshya' emagazines available on www.magzter.com

– नम्र निवेदन –

विश्व शांति के लिए लाखों लोग प्रतिदिन
सुबह और रात ९ बजकर ९ मिनट पर प्रार्थना करते हैं।
कृपया आप भी इसमें शामिल हो जाएँ।

www.ingramcontent.com/pod-product-compliance
Lightning Source LLC
LaVergne TN
LVHW040154080526
838202LV00042B/3151
9788193607374